La
guerra de la
limonada

La guerra de la limonada

por
Jacqueline Davies

versión en español por
F. Isabel Campoy y Alma Flor Ada

Houghton Mifflin Harcourt
Boston New York

www.hmhco.com

The text of this book is set in Guardi.

Library of Congress Catalog-in-Publication Data
Davies, Jacqueline, 1962–
The lemonade war / by Jacqueline Davies.
p. cm.
Summary: Evan and his younger sister, Jessie, react very differently to the
news that they will be in the same class for fourth grade and as the end of
summer approaches, they battle it out through lemonade stands, each trying
to be the first to earn 100 dollars. Includes mathematical calculations and
tips for running a successful lemonade stand.
[1. Brothers and sisters—Fiction. 2. Moneymaking projects—Fiction.
3. Arithmetic—Fiction. 4. Lemonade—Fiction.] I. Title.
PZ7.D29392Lem 2007
[Fic]—dc22
2006026076

ISBN: 978-0-618-75043-6 English edition hardcover
ISBN: 978-0-547-23765-7 English edition paperback
ISBN: 978-0-544-23022-4 Spanish edition hardcover
ISBN: 978-0-544-25203-5 Spanish edition paperback

Manufactured in the United States of America
DOC 10 9 8 7 6 5 4
4500488197

Para Tom, Kim y Leslie.
Todos los caminos llevan atrás.

índice

Capítulo 1
Temporada baja

temporada baja s. f. Caída en la actividad de un negocio o de la economía.

Acostado de espaldas en la oscuridad, Evan tiraba la pelota en línea recta hacia arriba y la recogía con las manos. *Tamp, tamp*. El sonido de la pelota en la palma de la mano le gustaba. Tenía las piernas abiertas en V, los brazos alzados hacia el techo. Pensar que si no acertaba, la pelota probablemente le rompería la nariz, hacía que el juego fuera lo suficientemente interesante para continuarlo.

Del piso de arriba le llegó el ruido de pisadas, las de su madre, y luego el fuerte sonido de algo que arrastraban raspando el piso. Dejó de tirar la pelota para escuchar. Su madre arrastraba algo pesado por

1

el piso de la cocina. Posiblemente el aparato estropeado del aire acondicionado.

Hacía una semana, justo al principio de la ola de calor, el aire acondicionado de la oficina que tenía su madre en el ático se había roto. El empleado de Sears había instalado uno nuevo pero había dejado el viejo en medio del suelo de la cocina. Los Treskis habían estado evitándolo toda la semana.

Es-cra-ch. Evan se levantó. Su madre era fuerte, pero lo que estaba haciendo requería dos personas. Ojalá no le preguntara qué hacía escondido en la oscuridad. Con suerte Jessie no estaría en la cocina. Llevaba dos días evitando encontrarse con ella y cada vez se hacía más difícil. La casa no era tan grande.

Evan tenía la mano en la barandilla de la escalera cuando dejó de oírse el ruido. Oyó pisadas que se alejaban y luego, silencio. Su madre se había dado por vencida. *Probablemente por el calor*, pensó. Era un tiempo que invitaba a darse por vencido.

Volvió a acostarse en el suelo.

Tamp, tamp.

Entonces oyó que se abría la puerta del sótano. *Schchch*. Evan recogió la pelota y se quedó inmóvil como una estatua.

—¿Evan? —En la oscuridad, la voz de Jessie sonaba casi como un eco—. Evan, ¿estás ahí?

Evan contuvo la respiración. Se quedó completamente quieto. Lo único que se movía en su cuerpo era la punta de los dedos. Se sentían como si los estuvieran pinchando cientos de agujas.

Oyó que la puerta empezaba a cerrarse —soltó el aire contenido— pero luego volvió a abrirse. Pisadas en los escalones alfombrados. La silueta negra de Jessie parada en el último escalón rodeada de luz. Evan no movió ni un músculo.

—¿Evan? ¿Estás ahí? —Jessie dio un paso hacia el interior del sótano.

—¿Es…? —Se acercó poco a poco y luego le dio un puntapié con el pie descalzo.

—¡Oye! ¡Cuidado! —dijo Evan dándole un manotazo en la pierna. De pronto se sintió como un estúpido echado ahí en la oscuridad.

—Creí que eras un saco de dormir —dijo ella—.

No veía nada. ¿Qué haces aquí abajo? ¿Por qué tienes apagadas las luces?

—Si enciendo las luces hace demasiado calor —le contestó. Habló en tono monótono, como si fuera la persona más aburrida del mundo. Si continuaba así, quizá Jessie se fuera dejándolo en paz.

—Mamá ha regresado a su oficina —dijo Jessie, acostándose en el sofá. *Trabajando.* —Gruñó mientras pronunciaba las palabras.

Evan no dijo nada. Volvió a tirar y recoger la pelota. Arriba. Abajo. Quizá el silencio haría que Jessie se marchara. Empezaba a sentir que las palabras se le amontonaban adentro, le oprimían los pulmones y forzaban el aire a salir. Era como si su pecho estuviera lleno de murciélagos aleteando en busca de una salida.

—Trató de mover el aire acondicionado, pero pesa demasiado —dijo Jessie.

Evan apretó los labios. *Vete,* pensó. *Vete antes de que diga algo desagradable.*

—Va a hacer calor *tooooda* la semana —continuó

Jessie—. Va a estar en los noventa. Todo el tiempo, hasta fines de mes.

Tamp, tamp.

—Y, ¿qué quieres hacer? —preguntó Jessie.

Lárgate, pensó Evan. Jessie nunca se enteraba cuando le daba de lado. Seguía actuando como si todo estuviera perfecto. Se hacía difícil decirle que lo dejara tranquilo sin decirle DÉJAME EN PAZ. Cada vez que Evan se lo decía, se sentía mal.

—Y, ¿qué quieres hacer? —preguntó Jessie de nuevo, empujándolo con el pie.

Era una pregunta directa. Evan tenía que contestarla o explicar por qué no lo hacía. Y no quería entrar en *eso.* Era demasiado... demasiado complicado. Demasiado doloroso.

—Dime. ¿Qué quieres hacer? —preguntó por tercera vez.

—Lo que estoy haciendo —dijo Evan.

—No, anda. De verdad.

—De verdad —dijo él.

—Podemos ir en bici al 7-Eleven —dijo ella.

—No tengo dinero —dijo él.

—Abuelita te acaba de dar diez dólares por tu cumpleaños.

—Los gasté —dijo Evan.

—¿En qué?

—Cosas —dijo Evan.

—Bueno, yo tengo… bueno… —y la voz de Jessie se fue apagando hasta desaparecer.

Evan dejó de tirar la pelota y la miró diciendo: —¿Qué?

Jessie dobló las rodillas acercándoselas al pecho: —Nada —dijo.

—Bien —dijo Evan. Sabía que Jessie tenía dinero. Jessie siempre tenía dinero escondido. Pero eso no quería decir que lo iba a compartir. Evan continuó tirando la pelota. Sentía que una llamita de cólera le empezaba a quemar la cara.

Tamp, tamp.

—Podríamos construir un fuerte en el bosque —dijo Jessie.

—Mucho calor.

—Podríamos jugar Stratego.

—Muy aburrido.

—Podemos hacer una carrera con canicas.

—Muy tonto.

Una tela de araña de sudor le cubría la frente y se extendía hasta el pelo. Cada vez que tiraba la pelota se decía: *No es su culpa.* Pero sentía crecer su ira. Empezó a utilizar el codo para darle mayor impulso a la pelota. Estaba volando casi cuatro pies en el aire. Arriba. Abajo.

Pop. Tamp. Pop. tamp.

Los murciélagos que tenía en el pecho se estaban volviendo locos.

—¿Qué te pasa? —preguntó Jessie—. Estás muy raro desde hace dos días.

Ay, ay, ay, aquí viene.

—No quiero jugar un juego tonto como Stratego —dijo él.

—*A ti* te gusta Stratego. Sólo lo mencioné porque es *tu* juego favorito. Lo hice por ser *amable*, en caso de que no te hayas dado cuenta.

—Mira, sólo quedan seis días de verano y no los voy a pasar jugando un juego tonto. —Evan sintió que su pulso se aceleraba. Por una parte quería meterse un calcetín en la boca, por otra quería derribar de un golpe a su hermana. —Es un juego estúpido para bebés y yo no quiero jugar un estúpido juego de bebitos.

Pop. Tamp. Pop. tamp.

—¿Por qué estás tan insoportable?

Evan sabía que estaba siendo cruel y no le gustaba ser cruel, especialmente con ella. Pero no podía evitarlo. Estaba tan mortificado y tan humillado y tan lleno de murciélagos que *no* podía evitarlo. Sólo quería estar solo. Y ella no lo dejaba. —Tú eres la inteligente —le dijo—. Averígualo tú.

Bien. Eso la callaría. ¡Por una vez! Evan observó a la pelota subir en el aire.

—¿Es por la carta? —preguntó Jessie.

Crack.

Evan había quitado los ojos de la pelota por un segundo, sólo por un segundo, y le había caído en la nariz.

—¡Ay! AY! —Se dio vuelta agarrándose la nariz con ambas manos. Sentía un terrible dolor que no lo dejaba ver, que empezaba detrás de los ojos y que se extendía por todo su cráneo.

—¿Quieres hielo? —oyó preguntar a Jessie en voz calmada.

—¿Qué crees? —gritó.

—¿Sí? —Ella se puso de pie.

—No, no quiero ningún estúpido hielo. —El dolor había empezado a disminuir, como una ola inmensa que rompe con mucho ruido y espuma, pero que luego se vuelve nada. Evan se dio vuelta hasta sentarse y se quitó las manos de la nariz. Con el pulgar y el índice se fue apretando la nariz. ¿Estaba todavía derecha?

Jessie se acercó a mirarle la cara en la poca luz que había en el sótano. —No estás sangrando —dijo.

—¡Ah! ¿No? Pero duele —dijo él—. ¡Un montón!

—No está rota —dijo ella.

—Eso, no lo sabes —dijo él—. No lo sabes *todo*. Te crees que sí, pero *no* lo sabes.

—Ni siquiera está hinchada. Estás haciendo un drama donde no lo hay.

Evan se aguantó la nariz con una mano y le dio una palmada en la rodilla a su hermana con la otra. Luego, recogió la pelota y se levantó con dificultad.

—Déjame en paz. Vine aquí para alejarme de ti y tuviste que seguirme. Tú lo arruinas todo. Me has arruinado el verano y ahora me vas a arruinar la escuela. Te odio. Cuando llegó al primer escalón tiró la pelota con rabia.

Plum.

Capítulo 2

Ruptura

ruptura s. f. Disolución de una unidad, una organización o un grupo de organizaciones. El Departamento de Justicia algunas veces exige a veces la ruptura de una corporación mayor en varias compañías pequeñas.

Jessie no lo entendía. Sencillamente, no lo entendía.

—Pero, ¿qué le pasaba a Evan?

Llevaba dos días portándose rarísimo. Y hacía dos días que la carta había llegado. Pero, ¿por qué estaba tan disgustado por esa carta?

Es un rompecabezas, se dijo Jessie. *Y yo soy buena solucionando los rompecabezas.* Pero era un rompecabezas sobre sentimientos y Jessie sabía que los sentimientos eran su asignatura más débil.

Jessie se quedó sentada en el sótano oscuro y pensó en el lunes, el día en que la carta había llegado. Hasta entonces todo era normal. Evan y ella estaban poniendo frente a su casa un puesto para vender limonada cuando el cartero llegó y le entregó a Jessie un montón de cartas. Evan nunca se había interesado en el correo, pero como Jessie se inscribía todo el tiempo en concursos, miró las cartas enseguida, por si había ganado alguno.

—Aburrido, aburrido, aburrido —decía Jessie cada vez que miraba un sobre—. Mira, una carta de la escuela, dirigida a mamá. —Levantó un sobre blanco—. ¿Qué crees que será?

—No sé —dijo Evan. Estaba en el garaje, sacando una mesita de madera que solían usar como mostrador. Estaba enterrada debajo de dos neumáticos que usaban para deslizarse por la nieve, dos tablas de *bodysurf* y la manguera del jardín. Jessie observaba mientras Evan tiró con fuerza de la mesa hasta que pudo levantarla sobre la cabeza. *¡Cuánto ha crecido!* pensó Jessica, recordando que su madre había dicho que Evan se había estirado de repente. A ratos a Jessie le parecía que Evan crecía dos veces más rápido que ella. Creciendo. Alejándose.

—Parece importante —dijo Jessie. *Parecen malas noticias,* fue lo que se le ocurrió. ¿Habría un problema? ¿Una queja? ¿Una confusión? Todo el nerviosismo que había tenido porque iba a saltar de segundo grado al cuarto, sin pasar por el tercer grado, pareció llenarle el estómago de burbujas.

—Esta mesa está sucísima —dijo Evan—. ¿Crees que si la cubrimos con un montón de vasos y la jarra nadie se dará cuenta?

Jessie miró. La mesa estaba toda manchada de negro.

—No.

Evan se quejó.

—Yo la limpiaré —dijo Jessie. Evan sólo había accedido a tener un puesto de limonada porque era una de las cosas favoritas *de ella*. Lo menos que podía hacer Jessie era limpiar la mesa. —Quizá —dijo Jessie, levantando de nuevo el sobre— van a retrasar el principio del curso. ¿Quizá el primer día no va a ser el martes? ¿Qué crees?

Sus palabras despertaron la atención de Evan.

—Vamos a pedirle a mamá que la abra —dijo.

La Sra. Treski, en su oficina en el ático, donde zumbaba el aire acondicionado, leyó la carta.

—Bueno —dijo—. Es una bola curva. —Miró a Evan. A Jessie le pareció que estaba preocupada—. Evan, Jessie y tú van a estar en la misma clase este año. Los dos van a tener de maestra a la Sra. Overton.

Jessie se sintió completamente aliviada. ¡En la misma clase! Si le hubieran concedido un solo deseo en la vida, eso es lo que hubiera deseado. Estaría con Evan y Evan haría que todo fuera más fácil. Le presentaría a todos los alumnos de cuarto grado. Les mostraría a todos que ella podía formar parte del grupo. Que no era ninguna niñita de segundo grado fuera de lugar.

Pero Evan no parecía contento. Se veía muy enojado.

—¿Por qué? —preguntó casi gritando.

La Sra. Treski volvió a mirar la carta. —Bueno, las clases eran pequeñas. Resulta que algunos de los alumnos que se esperaban en el cuarto grado no se matricularon porque se han mudado o porque van a asistir a escuelas privadas. Así que tuvieron que combinar las dos clases en una.

—No es justo —dijo Evan—. Yo quería de maestra a la Sra. Scobie. Y no quiero… —miró a Jessie—. ¡Es *tan* injusto!

Jessie se quedó sorprendida. Eran magníficas noticias. ¿Por qué no lo veía Evan así? Siempre lo habían pasado bien en casa. Ahora podrían pasarlo bien en la escuela también. —Será divertido —le dijo a Evan.

—No será divertido —dijo Evan—. La escuela. No es. Divertida. —Y bajó haciendo ruido por las escaleras y se encerró en su cuarto toda la tarde. Nunca acabaron el puesto de limonada.

Y así estaba todo, dos días más tarde, y Evan seguía encerrado, aun si no estaba en su cuarto. No le hablaba y no quería jugar con ella.

Así que Jessie se fue a su cuarto e hizo lo que siempre hacía cuando estaba disgustada o molesta o triste o confundida. Empezó a leer *Las telarañas de Carlota*. Había leído ese libro unas cien veces.

Estaba leyendo la parte feliz. A Wilbur lo habían nombrado "todo un cerdo" y estaba recibiendo todo tipo de atenciones de los Zuckermans y del pueblo entero. Pero Jessie no podía sentir la felicidad que solía sentir cuando Carlota decía: "Me atrevo a pensar que el truco dará resultado y que Wilbur se salvará la vida".

Al contrario, un sentimiento de inseguridad parecía darle golpecitos en el hombro. Y no era la misma tristeza que sentía sabiendo que en la página 171 Carlota moriría.

Era Evan. No podía dejar de pensar en lo que había dicho.

Jessie sólo podía recordar una ocasión en que Evan le había dicho "Te odio". La abuela estaba de visita y Evan necesitaba ayuda con la tarea de matemáticas. Tenía ese gesto de frustración, con la boca torcida, que ponía frente a las matemáticas, la ortografía o los reportes escritos. Mamá decía que era su gesto de "¡va a explotar!" Pero la abuela no podía ayudarlo porque no entendía nada de eso. Así que Jessie le explicó cómo hacer cada problema. Bueno, en realidad, le había dado las soluciones. Eso era ayudarlo, ¿no es cierto? La abuela la había llamado una niña genio, pero Evan había roto el papel en dos y se había ido arriba corriendo, y antes de cerrar su puerta de un portazo había gritado: —¡Te odio! —Eso había sido el año pasado.

Jessie apoyó el libro sobre el estómago y miró al techo. La gente era muy extraña. Ella preferiría hacer cien problemas de matemáticas que tratar de entender los sentimientos enredados de alguien. Esa era una de las razones que ella y Evan se llevaban tan bien. Él siempre le decía exactamente lo que sentía: —Estoy enojado contigo porque te comiste la última barra de chocolate. —Y ella entonces diría: —Lo siento. Mira, tengo algunos caramelos en mi cuarto. ¿Los quieres? —Y eso era todo.

Evan disparaba al blanco.

No como las niñas de la escuela, las que empezaron ese club. Se dio vuelta y se puso de costado para alejarse de *esos* pensamientos.

Al otro lado de la habitación, apoyados contra la pared estaban los tres trozos de cartón pluma que su madre había comprado para el proyecto de Jessie sobre el Día del Trabajo.

Cada año el Club Rotario patrocinaba un concurso para niños a fin de ver quién haría el mejor cartel sobre el trabajo. Este era el primer año en que Jessie tenía la edad para participar, y ella le había pedido a su madre que le comprara cartón pluma, marcadores de gel, papel florescente y pegatinas para su diseño. Estaba decidida a ganarse el primer premio: ¡cien dólares! Pero todavía no se le había ocurrido una idea que le pareciera bastante buena. Así que estaban a cinco días del concurso y el cartón pluma seguía completamente en blanco.

Jessie tomó el libro. No quería pensar en las niñas de la escuela y no quería pensar en el concurso. Se puso otra vez a leer.

Wilbur y Carlota estaban en la feria, y a Carlota

se le empezaba a notar la edad. Jessie leyó las palabras que Wilbur le decía a su mejor amiga:

Lamento mucho que no te sientas bien, Carlota. Quizá si tejieras una telaraña y cazaras un par de moscas te sentirías mejor.

Bueno, la segunda oración no podría aplicarse, pero Jessie se imaginó diciendo la primera oración: *Lamento mucho que no te sientas bien, Evan.* Sonaba bastante bien. Por lo menos le demostraría que a ella le importaba y Jessie sabía que eso era importante cuando alguien estaba molesto. Decidió bajar e intentarlo. Hubiera hecho cualquier cosa para que Evan volviera a estar igual que antes de la carta.

Jessie lo buscó en la cocina y en el patio, pero no había rastro de Evan. Estaba ya a la mitad de las escaleras del sótano cuando sintió un ruido que venía del garaje. Abrió la puerta y sintió en la piel todo el calor del día. Era como si un gigante le hubiera soplado con un aliento caliente y apestoso.

En el garaje, encontró a Evan y Scott Spencer.

Qué raro, pensó. *A Evan ni siquiera le cae bien Scott Spencer*. Desde kindergarten habían sido amigos a ratos y a ratos dejaban de serlo. Pero desde que Scott había puesto a propósito el casco de montar bicicleta de Evan debajo de la rueda del minivan de los Treski y la Sra. Treski lo había aplastado con la rueda al dar marcha atrás, la amistad se había acabado.

Jessie miró a Evan y a Scott un par de veces. Ahora sí que no sabía qué decir. *Lamento mucho que no te sientas bien, Evan* no tenía mucho sentido cuando era obvio que Evan se estaba divirtiendo con su amigo. Trató de pensar qué otra cosa podría decir, pero todo lo que se le ocurrió fue: *¿Qué están haciendo?*

Los chicos estaban inclinados sobre un trozo de cartulina. Evan escribía con un plumón rojo y delgado. La nevera portátil morada estaba en el medio del garaje y sobre ella había dos sillas de plástico. Sobre la silla de arriba había un cartucho de papel marrón.

—Nada —dijo Evan sin levantar la cabeza.

Jessie se acercó a los chicos y miró por sobre el hombro de Evan.

Dijo: —Has escrito *limonada* mal. Es con *a* no con *e*. —Pero pensó, *¡Qué bueno! Un puesto de limonada. ¡Lo que más me gusta!*

Los chicos no contestaron. Jessie vio que Evan apretaba los labios.

—¿Quieren que haga la limonada? —preguntó.

—Ya está hecha —dijo Evan.

—Puedo decorar el letrero —dijo—. Puedo dibujar mariposas y flores y cosas.

Scott resopló: —¡Bah! ¡No queremos cosas de niñas como esas en nuestro letrero!

—¿Quieren usar mi caja con cerradura para guardar el dinero? Tiene una bandeja con distintos compartimentos para las diferentes monedas.

—No —dijo Evan que seguía trabajando en el letrero.

—Bueno —dijo ella, después de mirar alrededor—. Les limpiaré la mesa. —La mesita de metal, todavía llena de manchas negras, estaba junto a las bicicletas.

—No vamos a usarla —dijo Evan.

—Pero siempre hemos usado la mesa —dijo Jessie.

Evan acercó su cara a la de Jessie: —No la queremos.

Jessie retrocedió un par de pasos. Se sentía por dentro como un huevo medio cocido. Sabía que sería mejor volver a entrar en la casa. Pero las piernas no le obedecían. Se quedó parada, como si sus pies hubieran echado raíces en el cemento.

Scott le dijo algo en voz baja a Evan y los dos chicos se rieron, con una risa baja y cruel. Jessie se inclinó hacia la puerta; pero sus pies seguían fijos. No podía creer que Evan prefiriera estar con Scott —que era un verdadero estúpido—y no con ella.

—Oigan —les dijo—. Seguro que necesita cambio. Yo tengo montones de monedas. Se las puedo dar todas. Bueno, claro, si me las devuelven al fin del día.

—No las necesitamos —dijo Evan.

—Sí que las necesitarán —insistió Jessie—. Siempre se necesitan monedas para dar cambio, especialmente al principio. Van a perder ventas si no tienen cambio.

Evan le puso la tapa al plumón con un fuerte *¡esnap!* y se la guardó en el bolsillo. —Scott nos servirá de banquero. Su madre tiene un frasco lleno de monedas, o sea que tendremos lo que necesitamos.

Los chicos se pusieron de pie. Evan le dio la espalda a Jessie y levantó el letrero para que Scott lo leyera.

—Fabuloso —dijo Scott.

Jessie sabía que el letrero no era fabuloso. Las

letras eran muy pequeñas y demasiado delgadas para que pudieran leerse de lejos. (Evan debía haber usado un plumón grueso en lugar de uno delgado. ¡Cualquiera sabía eso!). No tenía decoraciones bonitas que atrajeran clientes. Y además la palabra *limonada* estaba mal escrita. ¿Por qué no la dejaba Evan colaborar un *poquito*? Todo lo que quería era ayudar.

Scott se volvió a ella y le dijo: —¿De veras vas a estar en cuarto grado este año?

Jessie sintió que la espalda se le ponía rígida: —Sí —contestó.

—¡Qué raro!

—No lo es.

—Sí que lo es —dijo Scott—. Imagínate, estás en segundo grado y ahora vas a estar en cuarto. Eso no tiene sentido.

Jessie miró a Evan, pero él estaba ocupado pegándole el cartel a la nevera portátil.

—Mucha gente salta grados —dijo Jessie—. No es nada extraño.

—¡Es completamente loco! —dijo Scott—. Ya

sabes, vas a perder un año entero. Vas a perder la unidad sobre la Antártica, y eso era estupendo. Y vas a perder el viaje al acuario. Y mandar cartas por todo el mundo. ¿Te acuerdas, Evan? A ti te mandaron una carta desde Alaska. ¡Fue estupendo!

Evan asintió con la cabeza, pero no dijo nada.

—No tiene tanta importancia —dijo Jessie de nuevo, pero su voz estaba tensa, como cuando se estira una liga.

—Es como si perdieras un año de tu vida —dijo Scott—. Como si te *murieras* un año antes que todos nosotros porque nunca tuviste tercer grado.

Jessie sentía calor y frío al mismo tiempo. Quería gritar: "Eso no tiene sentido". Pero a la vez se sentía tan *rara*, como si Scott hubiera descubierto que tenía tres piernas.

Evan se puso de pie y le tiró a Scott la bolsa de papel. Luego levantó las dos sillas de plástico con una mano. —Ven, vamos. —Tomó una de las asas de la nevera. Scott tomó la otra y la levantaron entre los dos y empezaron a salir del garaje.

—Evan —dijo Jessie—. ¿Voy con ustedes?

—No —dijo él, sin voltearse.

—Anda, déjame. Les voy a ayudar muchísimo. Puedo hacer todo tipo de cosas…

—Eres muy chica —dijo él bruscamente—. No eres más que una bebita.

Y los chicos siguieron caminando.

No eres más que una bebita.

Jessie no podía creer que Evan le hubiera dicho eso. Después de todo lo que habían hecho juntos. Y él sólo le llevaba catorce meses. Apenas un poco más de un año. Iba a contestarles, a decirles algo fuerte como: *Ah, ¿sí? ¿De verdad?*

Pero entonces oyó a Scott decirle a Evan: —No puedo creer que vas a estar en la misma clase que tu hermanita. Si a mí me pasara eso me mudaría a Sudamérica.

—Sí, y que lo digas —contestó Evan mientras cruzaban la calle.

Jessie se quedó muda. Miró como Evan se alejaba y se iba volviendo más y más pequeño.

La estaba abandonando.

No iba a ayudarla en la escuela. No iba a hacerle

el camino más fácil. Iba a estar en el *otro* lado, con todos *ellos*, mirándola con desprecio. Diciéndoles que era muy chica para estar con ellos. Diciéndoles a todos que no cabía en el grupo.

—Muy bien, Evan Treski —dijo mientras entraba a la casa, con las manos hechas puños—. Yo no te necesito *a ti*. No te necesito *a ti* para divertirme. No te necesito *a ti* para tener un puesto de limonada. Y no te necesito *a ti* para hacer amigos en el cuarto grado.

A mitad de la escalera se detuvo y gritó: —Y ¡*no* soy una bebita!

Capítulo 3

Empresa conjunta

empresa conjunta s. f. Dos o más personas que unen fuerzas para vender un tipo de mercancía o para trabajar en un proyecto. Una vez vendida la mercancía o terminado el proyecto, la empresa conjunta termina.

—Tu hermana es verdaderamente...

—Cállate —dijo Evan.

—¿Qué?

—Que te calles. No hay ningún problema con mi hermana. Lo que pasa es que... mira..., ella... Así que cállate.

—¿Estás bien? —dijo Scott, levantando la mano que tenía libre, para indicar que estaban en paz.

Evan se sentía atacado por los dos lados. La pesada nevera le golpeaba una pierna a cada paso. Y las sillas de plástico le arañaban la otra pierna. *Golpeado y herido*, pensaba. *Y todo a cuenta de estar con Scott Spencer.*

¿Por qué no estaba Jack en su casa? ¿O Ryan? ¿Y por qué tenía que estar Adam en Cape Cod esta semana? ¡Qué lata!

—¿Hasta dónde vamos a ir? —preguntó Scott.

—Sólo hasta la esquina. —Evan veía como las gotas de sudor caían de su cara a la acera.

—Nos debíamos haber quedado frente al garaje de tu casa. Allí había sombra.

—En la esquina es mejor. Confía en mí —dijo Evan.

Se acordaba que esas habían sido las palabras de Jessie el verano pasado. Habían estado montando un puesto de limonada juntos y Evan había protestado de tener que arrastrar la nevera al otro lado de la calle y dos casas aun más allá, del mismo modo que ahora protestaba Scott. Pero Jessie había insistido: —Hay una acera de este lado —había dicho—. Así que vamos a tener a gente que viene de ambas direcciones. Y los que vengan en carro tendrán tiempo de vernos y disminuir la velocidad. Además hay un montón de niños pequeños que viven de este lado de la calle y sus madres no querrán que crucen la calle Damon. La esquina es mejor. Confía en mí.

Y tenía razón. Vendieron un montón esa tarde.

Les tomó diez segundos preparar el puesto. Evan abrió las sillas y colocó una a cada lado de la nevera. Scott inclinó el letrero hacia la calle, para lograr un mejor efecto. Y ambos se sentaron.

—Chico, hace calor —dijo Evan. Se quitó la gorra y se secó el sudor de la cara con la camisa. Luego tomó un pedazo de hielo de la nevera, se lo puso sobre la cabeza y volvió a ponerse la gorra.

—Sí —dijo Scott—. Me muero de sed. —Sacó un vaso de la bolsa. Era uno de esos vasos grandes y rojos de plástico que los vendedores usan en los juegos de béisbol. Y lo llenó hasta el borde de limonada de una de las jarras.

—Oye, no tanto —dijo Evan, mientras se servía limonada también, pero sin llenar completamente el vaso. Se bebió la mitad de un golpe. *No está mal*, pensó, aunque se dio cuenta de que había una mosca de la fruta flotando en la superficie. Su madre había estado luchando contra las moscas desde que había empezado la ola de calor. El mostrador alrededor del fregadero de la cocina, donde estaba el frutero, se veía salpicado de pequeños cadáveres de moscas.

Scott vació su vaso y lo tiró al suelo. —Ahhh —dijo muy satisfecho—. Estaba buena, voy a tomarme otro vaso.

Evan recogió el vaso que Scott había tirado al suelo y lo puso debajo de su silla. —No, Scott, anda. Nos vamos a beber todas las ganancias si haces eso. —Estiró las piernas y puso los pies sobre la nevera. —Cálmate.

—Me voy a calmar tomándome otro vaso —dijo Scott.

Había empezado. Se oía la crueldad en la voz de Scott. Evan sintió la tensión en los hombros.

—Mueve los pies —dijo Scott—. Hace mucho calor.

—Anda, hombre… —Evan se incorporó y miró a la calle—. Mira, ahí viene nuestro primer cliente.

Se veía venir a una madre que empujaba un cochecito doble. Al mismo tiempo uno de los niños de kindergarten que vivía más abajo notó el letrero y empezó a pedalear con fuerza hacia su casa. En cinco minutos había un pequeño grupo de chicos del vecindario y de peatones comprando limonada del puesto.

Evan dejó que Scott se ocupara del dinero mientras él servía la limonada y "endulzaba" a los clientes. Eso es lo que decía su madre de los vendedores que conversaban con ella.

—Créanme —les había dicho una vez a Evan y a Jessie—. Cuando se compra algo sólo *la mitad* es sobre conseguir algo. La otra mitad es sobre el contacto humano.

La Sra. Treski sabía de esas cosas porque era una consultante de relaciones públicas. Hasta había escrito para uno de sus clientes un folleto titulado *Diez ideas brillantes para aumentar las ventas*. Y Evan era como ella. Le era fácil hablar a la gente. Hasta a los adultos. Le resultaba natural. Así que mantenía conversaciones mientras servía la limonada. Y la gente se quedaba conversando. Muchos de ellos compraban un segundo vaso antes de irse.

Evan estaba tan ocupado que casi ni se dio cuenta cuando Jessie salió volando del garaje en su bicicleta en dirección al centro. *Qué bueno que se vaya*, pensó; pero al mismo tiempo se preguntó adónde iría.

En un momento en que no había clientes, Evan recogió los vasos plásticos descartados. Scott seguía sentado en la silla, haciendo sonar las monedas que tenía en el bolsillo.

—Chico, nos vamos a hacer ricos —dijo Scott.

—Apuesto que ya hemos ganado cinco dólares. O diez. ¿Cuánto crees que hemos ganado?

Evan se encogió de hombros. Miró los vasos descartados que tenía en la mano y contó los bordes. Catorce. Habían vendido catorce vasos de limonada. Y cada vaso costaba cincuenta centavos. A Evan le pareció oír la voz de la Sra. DeFazio. La Sra. DeFazio había sido su maestra de tercer grado y se había esforzado en ayudarlo con las matemáticas.

Si un vaso de limonada cuesta cincuenta centavos

y has vendido catorce vasos de limonada, ¿cuánto dinero has ganado?

¡Problema de matemáticas! Evan odiaba los problemas de matemáticas. Y este era imposible. Estaba seguro que la ecuación sería:

$$14 \times 50 =$$

pero, ¿cómo iba a resolverlo? Era un problema de multiplicación con dígitos dobles. No tenía ni idea de cómo resolverla. Y, además, algunas de esas catorce personas habían comprado limonada dos veces, pero habían usado el mismo vaso. ¿Cuántos? Evan no tenía idea.

De todos modos, sabía que habían ganado bastante dinero. Y a él le bastaba con un estimado.

—¿Cuánto dinero crees que haríamos si lo vendiéramos todo? —preguntó Scott.

—No lo sé —dijo Evan—. ¿A lo mejor veinte dólares? Parecía un montón hasta para él, pero Evan era optimista.

—¿De veras crees que sí?

Los chicos miraron la nevera. Tres de las jarras estaban vacías. Sólo quedaba media jarra de limonada.

—Tú llenabas mucho los vasos —dijo Scott—. Deberías haber servido menos en cada uno.

—Fuiste tú quien trajo esos vasos plásticos tan grandes. ¡En cada uno de esos cabía un galón de limonada! —dijo Evan—. Además, yo no iba a ser tacaño. Pagaron medio dólar por cada vaso. Merecían que se los llenara. Podemos ir a casa y hacer más limonada. Mi madre tiene latas de limonada congelada.

—Pues ve a tu casa y prepara más —dijo Scott.

—Muy bien, Su Majestad. Oh, Gran Comandante, Su Alteza. ¿Por qué no vas *tú* a hacerla?

—Porque estoy descansando —dijo Scott, recostándose en la silla con una sonrisa tonta en la cara.

Evan sabía que era una broma, pero esta era precisamente la razón por la cual Scott no le caía bien. Siempre pensaba en sí mismo. Siempre encontraba un modo de salir ganando. Si jugaban al boxeo, a Scott siempre se le ocurría una regla nueva que le ayudaba a ganar. Si estaban haciendo una tarea juntos, Scott siempre encontraba cómo dividirla de modo que a él le tocara menos trabajo. Era una rata. No cabía duda.

Pero todos sus otros amigos estaban de vacaciones. Evan no quería pasarse el día solo. Y Jessie... Jessie estaba en su "lista de basura" como decía Mamá cada vez que el perro hacía algo que no debía. Evan tal vez no jugaría con Jessie nunca más.

Evan cruzó la calle y entró a la casa. Se sorprendió que no había ninguna lata de limonada en el congelador. ¡Qué raro! Había muchas en la mañana. Afortunadamente, había una lata de jugo de uva en el congelador y una botella de *ginger ale* en el refrigerador. *Servirá,* pensó. *Lo que la gente quiere es una bebida fresca. No les importará que no sea limonada.*

Mezcló el jugo de uva en el fregadero. Había más moscas que nunca debido a la limonada que los chicos habían derramado en el mostrador. Evan mató un par, pero la mayoría se le escapó y se posó en el frutero. Hubiera querido que su madre aprobara la guerra química, pero para la Sra. Treski sólo valía lo natural. Era o natural o nada. Casi siempre nada.

Cuando llegó al puesto de limonada, Evan vio que la jarra estaba boca abajo en la nevera.

—¿Cómo es posible, Scott?

—¿Qué? ¡Hacía calor! Y tú dijiste que siempre podíamos hacer más.

—Sí, bueno, no teníamos tanta en la casa como yo creía. Traje jugo de uva y *ginger ale*.

—Yo odio el *ginger ale*. No lo querría ni gratis.

Resultó que mucha gente pensaba igual. Empezaron a tener menos clientes. El día se hizo más caluroso. El sol caía con tanta fuerza que era fácil imaginar que la acera se resquebrajaría y se los tragaría enteros.

Mientras se abanicaba, Evan preguntó: —¿Cuánto dinero crees realmente que podríamos hacer?

—No sé —dijo Scott, tirando de la gorra hacia abajo hasta que le tapó los ojos.

—En un día de tanto calor como hoy —dijo Evan, pensando en silencio *o mañana*—. Si vendemos ocho jarras de limonada, ¿cuánto crees que ganaríamos cada uno?

—¿Ocho jarras? Yo no sé. —Scott sacudió la cabeza. Su cara, enmarcada por la gorra, fue de lado a lado—. Hace demasiado calor para hacer cuentas. Y es verano.

Evan sacó el plumón rojo del bolsillo y empezó a escribir en la palma de la mano.

$$8 \times ¿?$$

$$8 \times 50? \qquad ,2¿?$$

No le parecía que estaba bien.

Jessie sabría. Ella solucionaría este problema en un segundo.

Evan tapó la pluma y se la metió en el bolsillo.

—Estoy seguro que sería un montón —dijo Evan—.

Apuesto que en un día tan caluroso como hoy podríamos hacer verdadero dinero con el negocio de
la limonada.

—Sí —dijo Scott—. Seremos ricos. Y me podré
comprar un Xbox. El nuevo. El que tiene controles
dobles.

—Yo me compraré un iPod —dijo Evan. Había
estado ahorrando por un año. Pero cada vez que lograba juntar un poco de dinero, desaparecía sin saber cómo. Fue lo que pasó con los diez dólares de
Abuelita. Ella había escrito en su tarjeta: "Una pe-
queña contribución para que te compres esa cosa de
música que quieres." Pero el dinero había desaparecido. Había invitado a Paul y a Ryan a comer pizza
en la pizzería Town House. Se habían divertido.

—Sería fabuloso oír música cada vez que quisiera —dijo Evan. *Y no tendría que oírte a ti*, pensó.

Se sentaron en silencio, sintiendo que el calor se
llevaba la poca energía que les quedaba. Evan estaba
pensando en un plan. La ola de calor debía durar
por lo menos cinco días. Si él y un amigo (*no Scott*)
ponían un puesto de limonada cada día durante los

cinco días, llegaría a tener bastante dinero para comprar un iPod. Podía imaginarse llevándolo puesto de camino a la escuela. Llevándolo puesto durante el recreo. *Hola, Megan. Sí, es mi iPod. Delicioso, ¿verdad?* Usándolo en clase mientras la maestra hablaba aburridamente de fracciones y porcentajes. *Noo.* Pero qué divertido sería. Habría por lo menos una cosa, *una cosa*, que no le molestaría al tener que volver a la escuela.

Después de dos horas decidieron terminar. Las ventas habían disminuido, rápidamente, y luego se habían acabado del todo.

—Oye, ¿notaste algo? —preguntó Evan mientras cerraba las sillas.

—¿Qué? —preguntó Scott.

—Cuando empezamos las ventas, casi todos nuestros clientes venían de esa dirección. —Y señaló hacia la curva que había en la calle—. Pero después de una hora ninguna de las personas que venían de esa dirección nos compró una limonada. Ninguna. Todas decían: "No, gracias" y seguían caminando. ¿Por qué sería?

—No sé —dijo Scott.

—Eres un triunfador —dijo Evan—. ¿Te has dado cuenta?

Scott lo golpeó en el pecho, pero Evan se defendió y le quitó la gorra. Mientras Scott buscaba su gorra, Evan le dijo:

—Espérame un momento, ¿de acuerdo? —y empezó a caminar. En cuanto dobló la curva comprendió por qué su negocio había decaído tan rápidamente.

Allí estaba Jessie. Y *Megan Moriarty* de su clase. Estaban dentro de un quiosco de madera y su letrero lo decía todo.

Por lo que podía ver, su negocio era próspero.

Evan observó a Jessie recibir varios billetes de un dólar de una madre rodeada de chiquillos. En ese momento levantó la vista y lo vio. Evan se sintió muy mal, como si lo hubieran descubierto haciendo trampa. Quería correr y esconderse en alguna parte. En cambio, se quedó helado. ¿Qué haría Jessie?

No podía creerlo. Jessie le hizo un gesto de burla. Inclinó la cabeza a un lado y le sonrió, con una sonrisita de "yo valgo mucho más que tú". Y luego, *luego*, lo saludó con el dinero que tenía en la mano. ¡*Lo saludó*! Como si estuviera diciéndole: ¡Mira cuánto hemos ganado nosotras vendiendo limonada! ¡Seguro que tú no puedes ganarnos!

Evan se dio la vuelta y se fue. Y mientras caminaba podía oír a Megan Moriarty, riéndose de él, una risa clara como una campana.

Capítulo 4
sociedad

sociedad s. f. Dos o más personas que unen dinero, habilidades y recursos para llevar a cabo un negocio acordando compartir pérdidas y ganancias de dicho negocio.

Jessie había estado esperando ese momento, el momento en que Evan vería su quiosco de limonada y las maravillosas decoraciones que habían hecho, al montón de gente esperando en cola y a *Megan Moriarty* a su lado. Lo vería y se quedaría impresionado. Se diría: *Jessie es una chica increíble. ¡Sí que sabe cómo tener éxito con un puesto de limonada!* Y entonces se le acercaría y le diría: —Hola, ¿te puedo ayudar? —Y Jessie diría—: ¡Claro que sí! Estábamos deseando que vinieras.

Y hubiera sido como antes.

¿Por qué no había sido así?

Jessie continuó recibiendo el dinero de los clientes, usando sólo una parte de su cerebro. Esa era la parte de su cerebro que estaba funcionando bien. Pero con la otra parte de su cerebro, Jessie le daba vueltas a lo que había pasado con Evan. Era la parte de su cerebro que tendía a darle vueltas a las cosas una y otra vez.

Megan y ella estaban vendiendo limonada. El negocio iba muy bien. Luego la Sra. Parker, una mamá del barrio, se acercó. Traía con ella a un montón de niñitos que habían estado bañándose en los aspersores de riego de su jardín y ahora quería doce vasos de limonada. ¡Doce! La mayor venta del día. Megan se apresuró a servir los vasos y Jessie recibió los seis billetes de dólar que la Sra. Parker le entregó. Todos los chiquillos del jardín de la Sra. Parker cantaban "¡Limo-NA-da! ¡Limo-NA-da! ¡Limo-NA-da!"

Jessie sintió una mosca volando junto a su oreja. Habían tenido problemas con las moscas a causa de la limonada derramada en el quiosco y movió la cabeza de un lado al otro para librarse de la mosca, ya que tenía las manos ocupadas con el dinero. Y fue en ese momento que Jessie levantó la vista y vio a Evan parado allí, observando.

Así que le sonrió.

Pero él no sonrió de vuelta.

Así que lo saludó con la mano, aunque tenía billetes en ambas manos. Lo saludó para que supiera que se alegraba de verlo.

Y entonces él se fue, de prisa, todo rígido. Y ella nunca pudo decirle: "¡Claro que sí! Estábamos deseando que vinieras," tal y como lo había ensayado mentalmente.

Y justo en ese momento, Tommy Pawley, que tenía dos años, se bajó el traje de baño y orinó en el césped. Y Megan se rio tan fuerte que Jessie estaba segura que su risa se había oído en todo el barrio.

Eso es lo que había pasado. Eso es exactamente lo que había pasado. Pero Jessie sabía que había pasado algo completamente distinto. Y no lo entendía. Como no entendía muchas cosas de la gente.

Todo lo que sabía era que ver a Evan alejarse,

alejarse de ella por segunda vez en un día, la hacía sentirse triste y sola y todo lo que quería era irse a su casa y meterse en su cuarto y echarse en la cama con *Las telarañas de Carlota.*

—¡Vamos! Señora de la caja registradora —dijo Megan, dándole un empujoncito—. Te estás atrasando. Cobra tres de esta señora y uno de este chico.

Jessie dejó de mirar cómo Evan se alejaba. —Es un dólar y cincuenta centavos —le dijo a la señora que tenía delante. Tomó el billete de cinco dólares que la señora le entregaba y le dio el cambio, poniendo toda su atención en la parte de su cerebro que funcionaba bien.

Es cierto que cuando Evan se había ido del garaje, Jessie había corrido a su cuarto y había tratado de imaginar todos los modos posibles de hacerle la vida miserable.

Pensó decirle a su madre que Evan era quien había roto la tostadora (jugando hockey en la casa aunque lo tenía prohibido). Pensó llevarse cada uno de los CDs que él tenía en su cuarto (aunque sabía que eso significaría que tendría que devolverle todos *los de él*). Incluso pensó en ponerle mantequilla de cacahuete en los zapatos. (Eso lo había leído en un libro y le encantaba imaginarse el momento de horror en que él pensara que alguien le había puesto caca de perro *en* sus zapatos.)

Pero cuando esas ideas dejaron de darle vueltas en el cerebro y cuando su respiración había vuelto a lo normal y ya no tenía las manos en forma de puños, se dio cuenta de lo que verdaderamente quería: recuperar al Evan de antes. El que era tan divertido. El que siempre la ayudaba a salir de apuros.

Como cuando se comió todas las galletas que Mamá estaba guardando para la reunión de las Girl Scouts. Y Evan había ido en bicicleta al 7-Eleven y había traído un nuevo paquete antes de que Mamá se diera cuenta. O cuando ella había recogido accidentalmente (bueno, quizá no accidentalmente, pero ¿cómo iba ella a saber?) las flores rojas en el jardín de Abuelita que eran un experimento híbrido. Evan dijo que lo habían hecho los dos así que el desencanto de Abuelita se distribuyó entre ambos. O la vez en que Jessie rompió el corazón de cerámica que le había regalado Papá, porque estaba tan enojada que se hubiera ido y los hubiera dejado. Y luego, cuando lloraba por el corazón roto, Evan había pegado todas las piezas hasta reconstruirlo.

Quería de vuelta al Evan que era su mejor amigo.

Pero Evan no la quería a *ella*, porque pensaba que ella era una bebita y que lo iba a avergonzar delante de la clase de la Sra. Overton. Tenía que probarle que ella era una chica grande. Que podía ser parte del grupo. Que podía ser parte aún con sus compañeros de cuarto grado.

Le mostraré que yo también puedo vender limonada. Lo puedo hacer tan bien como él y Scott. No tendrá que avergonzarse de mí. Y Jessie se puso manos a la obra.

Sabía que necesitaría una socia. Sabía por experiencia previa que un puesto de limonada con una sola persona no se veía bien; se consideraba patético. Y su socia tendría que ser de cuarto grado, porque de eso se trataba, de demostrar que ella podía participar con los de cuarto. Así que la pregunta era, *¿quién?*

Tenía que ser una chica que viviera en el barrio, o por lo menos suficientemente cerca como para ir en bicicleta a su casa. Y tenía que ser alguien con quien Jessie hubiera hablado por lo menos una vez. Ella no podía ir a buscar a una chica con quien nunca hubiera hablado. Y tendría que ser alguien que pareciera simpática.

Esta última parte era un problema, porque Jessie sabía que muchas veces a ella le había parecido simpática una persona que luego resultó que no lo era. Un ejemplo: esas niñas de segundo grado. Así que Jessie decidió que debía ser alguien que *Evan* consideraba simpática. Evan entendía de esas cosas. Había sido él quien le había explicado, mientras le ponía el brazo sobre los hombros: —Jessie, esas niñas se están burlando de ti. *No* son simpáticas.

Después de pensar en todos estos requisitos, había una sola respuesta obvia: Megan Moriarty. Vivía a menos de tres cuadras. Jessie le había dicho "Hola" varias veces mientras montaba en bicicleta por el barrio. Y Evan debía considerarla simpática porque Jessie había descubierto un papel en la papelera de Evan con el nombre de Megan escrito un montón de veces. ¿Por qué escribiría montones de veces el nombre de una persona a menos que la considerara simpática?

Jessie fue a la cocina y se trepó en una silla para poder llegar al estante sobre el fogón. Tomó el directorio de la escuela y buscó entre los alumnos de las dos clases de tercer grado del curso anterior. No Morgan Moriarty. *Tonta*. Jessie se acordó que Megan había llegado a mitad de curso. Entonces miró en la guía de teléfonos. No había ninguna familia Moriarty en la calle Damon.

—Bueno —dijo Jessie, mientras cerraba la guía telefónica, y la volvía a poner en el estante sobre el fogón.

—Ha llegado la hora para el Plan B.

Jessie fue al armario del pasillo de entrada y sacó su mochila, que había estado allí colgada, vacía, desde el último día de clases. Puso adentro las tres latas de limonada congelada que había en el congelador y su caja de metal llena de cambio. (El billete de diez dólares, que todavía estaba sujeto con una presilla a la tarjeta de cumpleaños que le había enviado su abuela, lo colocó en el cajón superior de su cómoda). Luego fue al garaje, se puso el casco y se fue en su bicicleta. Cuando se alejaba vio el puesto de limonada de Evan y Scott en la esquina, pero tuvo cuidado de no cruzar su mirada con la de ellos. No quería hablar con Evan hasta que estuviera lista *(¡ja-ja!)* para impresionarlo. Le daba saltos el corazón al pensar que Evan dejaría a Scott para irse con ella.

Megan vivía tan cerca que Jessie llegó a su casa en menos de treinta segundos. Y menos de treinta segundos no era tiempo *suficiente* para planear lo que iba a decir. Así que pasó delante de la casa como quince veces, tratando de encontrar las palabras adecuadas.

—¿Qué haces? —preguntó una voz desde una ventana del piso superior.

Jessie frenó de golpe y miró hacia arriba. Megan

la estaba mirando. Parecía enorme. Y su voz no parecía agradable.

—Monto en bicicleta —dijo Jessie.

—Pero, ¿por qué pasas y vuelves a pasar por aquí? —preguntó Megan impaciente—. Frente a mi casa.

—No sé —dijo Jessie—. ¿Quieres jugar?

—¿Quién eres? —preguntó Megan.

—Jessie —dijo Jessie, volteando la bicicleta en dirección a su casa.

—¿La hermana de Evan? —preguntó Megan.

Jessie se sintió como un globo que se desinflara.

—Oh —dijo Megan— no te reconocí por el casco.

Jessie se quitó el casco. —Entonces, ¿quieres?

Hubo una pausa.

—¿Dónde está Evan? —preguntó Megan.

—Anda con un amigo —dijo Jessie.

—Oh —dijo Megan. Jessie bajó la cabeza.

La gente dice cosas, le había dicho Evan una vez, *con las manos y la cara y la postura. No dicen cosas sólo con palabras. Tienes que prestar atención, Jess. Tienes que descubrir lo que están diciendo, más allá de las palabras.*

Jessie levantó la cabeza y miró hacia arriba. Era difícil ver a Megan, porque estaba tan arriba y detrás de la tela metálica de la ventana. Jessie respiró hondo: —¿Quieres hacer algo?

Otra larga pausa. Jessie empezó a contar mentalmente. *Mil, dos mil, tres mil, cuatro mil, cinco mil, seis mil...*

—Bueno —dijo Megan. Y su cabeza desapareció de la ventana.

Un minuto después, Megan estaba en la puerta.

—Hola —dijo, abriendo la puerta de tela metálica.

Jessie la saludó haciendo un gesto con la mano. El cerquillo sudado se le pegaba a la frente donde el casco lo había aplastado. Estaba tan nerviosa porque no quería decir una tontería que no dijo nada. Megan se recostó contra la baranda de las escaleras y cruzó los brazos.

—Y... —dijo Jessie. Miró a Megan, que jugaba con las siete u ocho pulseras elásticas que tenía en el brazo. Jessie contó dos Viva la vida, una de Campeones mundiales Red Sox, una de la Marcha de los reales, y una de Corre-como-ayuda-contra-el-cáncer.

—¿Cuál es esa? —preguntó, señalando a una pulsera que tenía rayas de tigre.

Megan estiró la pulsera, se la quitó y se la dio a Jessie. —Es para la Liga de Rescate de Animales. Mi mamá les dio dinero y ellos le dieron esta pulsera y una pegatina para el auto. Tengo veintidós pulseras.

—Fantástico —dijo Jessie, devolviéndole la pulsera. Megan se la puso. Continuó jugando con las pulseras que tenía en el brazo, subiéndolas y bajándolas.

—Y, ¿qué es lo que querías hacer?

—No sé —dijo Jessie—. Podríamos, no sé. Déjame pensar. Podríamos ¡poner un puesto de limonada!

—Naaah —dijo Megan, con una voz aburrida.

—Será divertido. ¡Anda!

—No tenemos limonada —dijo Megan.

—Yo tengo tres latas —dijo Jessie. Se quitó la

mochila y la sacudió y las tres latas de limonada congelada salieron rodando. Su caja de metal también se cayó.

—¿Qué es eso? —preguntó Megan.

—Mi caja con candado —dijo Jessie—. La podemos usar para dar cambio. —Sintió que la cara se le ponía colorada. ¿Quizá los chicos de cuarto grado no debían tener cajas con candado?

—¿Cuánto dinero tienes? —preguntó Megan.

—¿En cambio o en total?

Megan señaló la caja. —¿Cuánto tienes allí?

—Cuatro dólares y cuarenta y dos centavos. Catorce monedas de veinticinco, cinco monedas de diez, tres monedas de cinco y veintisiete centavos—. Jessie no mencionó los diez dólares que tenía en casa.

Megan levantó las cejas. —¿Exacto? —preguntó.

¿Qué significan esas cejas levantadas? se preguntó Jessie llena de pánico. ¿Por qué le sonreía Megan? *Jessie esas niñas se están burlando de ti. No son simpáticas.*

Jessie no dijo nada. Tenía un sentimiento raro en el estómago y miedo de que las cosas salieran mal.

Megan se enderezó. —Eres rica —dijo—. ¿Quieres que vayamos al 7-Eleven? Podemos comprar batidos helados.

—Pero… —Jessie señaló las latas de extracto de limonada que estaban sobre la alfombra del pasillo de entrada. La escarcha que las cubría había empezado a desaparecer.

—Podemos poner el puesto de limonada más tarde —dijo Megan—. Quizá.

Jessie pensó en Scott y Evan consiguiendo ventas a dos cuadras de allí. ¿Cómo le iba a probar a Evan lo que ella valía si ni siquiera podía convencer a Megan de tener un puesto?

—¿Y si hacemos el puesto de limonada *primero*? —dijo Jessie—. Y los batidos serán nuestra ganancia. Seguro que ganaremos suficiente para comprar una bolsa de papitas fritas. ¡Y chicle!

—¿Tú crees? —dijo Megan.

—Yo *sé* —dijo Jessie—. Mira. —Y levantó una lata de limonada. —Lo dice aquí mismo en la lata. "Produce sesenta y cuatro onzas". Así que cada lata nos da ocho vasos. Y vendemos cada vaso por medio dólar y eso son cuatro dólares y hay tres latas o sea, que serán doce dólares en total. ¿No es cierto? —Los números pasaban por el cerebro de Jessie tan rápidamente que no tuvo que pensar en el hecho de que estaba mutiplicando y dividiendo y sumando. Para ella, simplemente tenía sentido.

—Oye, ¿cuántos años tienes? —le preguntó Megan, mirándola de lado.

—Ocho —dijo Jessie—. Pero cumplo nueve el mes que viene.

Megan sacudió la cabeza. —Esa cuenta no me parece bien. No vamos a poder ganar doce dólares con tres latitas.

—Ya verás —dijo Jessie—. Te lo mostraré, ¿tienes un pedazo de papel?

Jessie empezó a dibujar. Sabía que otros chicos no podían ver los números como ella. Necesitaban dibujos para que las matemáticas tuvieran sentido.

—Mira —dijo—. Hay tres jarras de limonada, porque tenemos tres latas de limonada congelada. Y cada jarra tiene sesenta y cuatro onzas.

—Cada vez que servimos un vaso de limonada,

estamos sirviendo ocho onzas, porque eso es lo que contiene un vaso. No quieres servir menos, para que la gente no diga que somos tacañas. Así que de cada jarra saldrán ocho vasos. Porque ocho por ocho es sesenta y cuatro, ¿verdad?

—Vendemos cada vaso por cincuenta centavos. Es un buen precio. Esto quiere decir que cada vez que vendemos dos vasos hemos ganado un dólar. ¿Verdad? Porque cincuenta centavos y cincuenta centavos son un dólar. Así que fíjate. Voy a unir los vasos de dos en dos y verás cuántos dólares tendremos. Cuéntalos.

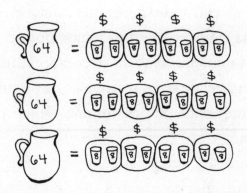

Megan contó los pares de vasos en los círculos:
—...diez, once, doce.

—Ese es el dinero que vamos a ganar —dijo Jessie—. *Si* vendemos la limonada. Y *si* hacemos el puesto de limonada.

—Sorprendente —dijo Megan—. De veras eres

buena con las matemáticas. —Infló las mejillas como una rana toro y pensó por un minuto. Luego se golpeó las mejillas con ambas manos y dijo: —Bien. Vamos a hacer lo de la limonada.

Jessie se sintió inundada por un sentimiento de alivio. Quizá todo saldría bien.

Una hora más tarde Jessie y Megan habían transformado el teatrín de títeres que estaba en el sótano de la casa de Megan en el mejor puesto de limonada de la cuadra. Habían decorado el teatrín con flores de papel de seda, mariposas de cartulina y corazones cubiertos de brillantinas. Quien pasara, se detendría.

Y, cómo se interesó la gente. Los chicos del barrio, adultos que paseaban a sus perros, mamás que empujaban cochecitos… hasta dos hombres que arreglaban los cables de teléfono. Todos vinieron a comprar limonada. Y cuando se les estaba acabando, la Sra. Moriarty fue a la tienda y les trajo tres latas más, ¡sin cobrarles nada!

Así que cuando la Sra. Pawley pidió doce vasos justo en el momento en que Evan doblaba la curva y vio el puesto de limonada, Jessie se sentía como si hubiera sacado cien en un examen *y* cinco puntos de crédito extra.

Entonces, ¿por qué se había ido Evan disgustado?

Y, ¿cómo explicar que ella se sentía como si no hubiera ganado nada?

Capítulo 5
Competencia

competencia s. f. Rivalidad en el mercado.

Esa noche la cena en casa de los Treskis estuvo muy silenciosa. Por eso la explosión que siguió parecía *especialmente* ruidosa.

Le tocaba a Jessie recoger los platos y quitar los restos de comida. Y le tocaba Evan lavarlos y ponerlos en su sitio. Evan miró el montón de platos que tenía a la izquierda. Jessie iba por delante. Siempre iba por delante cuando era su turno de recoger los platos, pero esta noche a Evan le pareció como si ella se estuviera burlando de él. Cada vez que ella raspaba un plato, a Evan le parecía oír: —No puedes alcanzarme. No puedes alcanzarme.

Evan estaba fregando una olla cuando Jessie

colocó el último de los platos a su izquierda. Luego ella metió las manos debajo de la llave de agua del fregadero, sin siquiera pedir disculpas, se sacudió las manos *prácticamente en la cara de Evan* y le preguntó: —¿Cuánto dinero ganaron?

Eso fue el colmo. Evan no pudo aguantarse más.

—¿Por qué lo hiciste? ¿Tenías que arruinar lo único bueno que yo tenía? —Por un momento, Evan no estaba seguro si quería decir el puesto de limonada o de Megan Moriarty. De un modo confuso, hablaba de los dos.

Y no había modo alguno que le iba a decir a Jessie que después de pagarle a su madre por las cuatro latas de limonada congelada, una lata de jugo de uva y una botella de *ginger ale* (había estado bien enfadada cuando bajó de su oficina en el ático y no encontró nada fresco que beber en casa), todo lo que le habían quedado eran dos dólares y once centavos. Además, estaba seguro que Scott se había quedado con el billete de cinco dólares que habían ganado. ¿Y qué podía hacer Evan? ¿Pedirle a Scott que le enseñara sus bolsillos? Evan no había llevado cuentas de las ventas, así que no podía estar seguro.

—¿Por qué lo hice *yo*? ¿Por qué lo hiciste *tú*? ¿Por qué invitaste a ese *estúpido* a tener un puesto de limonada? —gritó Jessie—. Y ¿por qué no me dejaste participar? Tú eres el insoportable.

—No haces más que lucirte —dijo Evan—. Siempre tienes que demostrarle a todos lo lista que eres.

—No estaba luciéndome. Todo lo que quería era divertirme. ¿Está eso en contra de la ley? Tú no quieres tener un puesto de limonada conmigo. Pues, entonces no tendré yo un puesto de limonada contigo. Lo tendré, en cambio, con mi amiga Megan.

—Tú *no* puedes ser su amiga. ¡Tú *no* puedes ser su amiga! —gritó Evan.

—¿Por qué no?

—Porque eres una niñita. Ni siquiera debes estar en cuarto grado. Y porque no eres más que un animalejo presumido y ¡no le caes bien a nadie!

Las palabras se sentían como asquerosas arañas

que se escaparan de su boca. Eran horribles. Pero le hizo bien liberarse de ellas.

Entonces, Evan vio cómo le temblaban los labios a Jessie. Oh, oh. Jessie sabía gritar. No lloraba con frecuencia y no lloraba por mucho tiempo. Pero cuando lloraba, lo hacía con fuerza. Mamá bajaría de su oficina. Evan se llevaría la culpa. *Injusto.*

Pero Jessie no gritó. Al contrario, se irguió todo lo que le permitía su corta estatura. Y dijo: —A Megan le caigo bien. Me ha invitado a su casa mañana. Vamos a tener otro puesto de limonada y vamos a ganar el *doble* de lo que ganamos hoy.

¡Oh, no! Lo iba a echar todo a perder. Iba a demostrarle a Megan que era más lista que él. ¡Incluso antes de que empezara la escuela! Le haría creer a Megan que él era un tonto que no podía ganarle a su hermanita en la venta de limonada. Evan estaba hirviendo.

—No estaría tan seguro, *Jugosita* —dijo. Jessie odiaba ese apodo, y Evan sólo lo usaba cuando le resultaba necesario. —Voy a tener un puesto de limonada cada día hasta que empiece la escuela. Y cuando acabe el verano habré ganado cien dólares. Suficiente para comprarme un iPod.

—Oh, por favor. Como si pudieras aunque fueras a intentarlo —dijo Jessie—. Megan y yo hicimos hoy doce dólares cada una. Podríamos ganar cien dólares *así* —y Jessie chasqueó los dedos.

—Y luego, ¿qué? —dijo Evan—. Los pondrías en tu caja de metal y los guardarías hasta que tuvieras cincuenta años. Eres la persona más tacaña del planeta.

Jessie se estiró. Hizo una O rara con la boca. Pero luego se puso una mano en la cadera y sonrió con superioridad:

—Para que lo sepas, voy a hacer una donación caritativa de cien dólares.

Evan dio un resoplido. —Sí, seguro. Y, ¿a cuál obra de caridad vas a donarlos?

Hubo una larga pausa. Y luego Jessie dijo, con tanta suavidad como la crema: —La Liga de Rescate de Animales. Megan y yo hablamos hoy de eso.

—A ti ni siquiera te gustan los animales.

—A todo el mundo les gustan los animales —gritó Jessie—. Y les voy a dar cien dólares. Para que nunca más me puedas volver a llamar tacaña.

—Yo espero no tener que hablarte *nunca más* —gritó Evan.

—¡Basta! —dijo una voz firme desde la escalera. La Sra. Treski tenía un lápiz en el pelo y una mirada de preocupación en la cara. —Los puedo oír desde el ático. A pesar de tener el aire acondicionado puesto en alto. ¿Qué pasa?

Evan miró a Jessie. Jessie miró a Evan.

Se habían hecho un juramento. Una promesa sellada con un escupitajo.

Desde que su padre se había ido, habían jurado no pelear delante de su madre. La ponía triste. Más triste todavía que cuando se había ido su padre.

—Nada —dijo Evan.

—Nada —dijo Jessie.

La Sra. Treski los miró. —Vamos. Díganmelo. ¿Por qué gritaban?

—No estábamos peleando —dijo Evan—. Estábamos bromeando.

—Sí —dijo Jessie. —Estábamos jugando. Perdónanos por haberte sacado de tu oficina.

La Sra. Treski los miró con su mirada láser. Jessie colgó el paño de cocina en el asa del horno y lo acomodó hasta que quedó perfectamente derecho. Evan se volvió hacia la olla y la restregó como si le fuera la vida en ello. Fregaba con tanta fuerza que golpeó con el codo el frutero. Una nube de moscas se echó a volar y luego se posó de nuevo.

—Ay, Señor —dijo la Sra. Treski—. ¡Miren esas moscas! —Sus hombros se hundieron—. Bueno. Bien. Voy a subir de nuevo. ¿Pueden ducharse y ponerse a leer sin que tenga yo que decírselo? Luego bajaré para darles un beso y apagar las luces.

—Sí, mamá —dijo Jessie.

—Sin problema —dijo Evan.

La Sra. Treski desapareció por las escaleras. Jessie se volvió hacia Evan, que seguía en el fregadero.

—Hagamos una apuesta —dijo—. Quien consiga cien dólares gana. Y el perdedor tiene que darle todas sus ganancias al ganador.

Evan negó con la cabeza. —No vale —dijo—. Tú tienes dinero guardado.

—Ese dinero no cuenta —dijo Jessie—. Empezamos con las ganancias de hoy. Y las ganancias tienen que ser todas de vender limonada. No de cortar el césped o limpiar el garaje ni nada de eso.

—Y ¿qué pasa si ninguno de los dos llega a cien dólares? —dijo Evan, a quien empezaba a no gustarle mucho la idea de la apuesta.

—Entonces quien llegue lo más cerca de cien gana. Y si los dos pasamos de cien, quien consiga más dinero, gana.

—¿Cuándo contamos el dinero? —preguntó Evan.

Jessie se quedó pensando antes de contestar. —El domingo por la noche. Antes de los fuegos artificiales. —Miró directamente a Evan—. ¿Eh? ¿Qué dices?

A Evan no le gustaba apostar. No le interesaba tanto competir. Le gustaba jugar al básquetbol y siempre lo hacía con entusiasmo. Pero no le importaba mucho ganar o perder. Lo que le gustaba era jugar.

Pero esto. Esto era diferente. Esto sí le importaba. Si no le ganaba a Jessie esta apuesta, si no podía ganarle a su hermanita en una guerra de limonada, entonces (Evan pensó en el curso escolar que tenía por delante) todo se acabaría. Podía darse por vencido en todo en ese mismo instante.

—Apostado. Cien dólares desde ahora hasta el domingo por la noche. El ganador se queda con todo. —Se sacudió las manos sobre el fregadero, se las secó con el paño de cocina y miró a Jessie con su mirada más amenazadora. —Empieza a rezar.

Capítulo 6
Vender a la baja

vender a la baja v. Vender la mercancía a un precio menor que la competencia.

Jessie sabía que Evan estaba planeando algo. Primero, todas las llamadas de teléfono la noche anterior. Por lo menos diez llamadas.

Luego, le había tocado la puerta esta mañana pidiéndole los trozos de cartón pluma que ella tenía en su cuarto.

—Ni hablar —le contestó ella—. Son para mi proyecto para el Día del Trabajo.

—Date por vencida. Hoy es jueves. El concurso es el lunes y ni siquiera tienes una idea —dijo Evan.

—Sí que tengo una idea. Sólo que no te la voy a decir. —Jessie todavía no tenía ni una sola idea para

71

el proyecto para el Día del Trabajo, pero no le iba a dar a Evan el gusto de saberlo.

—Y, ¿por qué no lo has empezado? —dijo Evan, señalando al cartón pluma en blanco y a la bolsa con materiales de arte que estaban sin tocar—. Debías tener fotos e información escrita y un gran título. Debe ser como un reporte de la escuela.

Jessie entrecerró los ojos y apretó los labios con una mirada de esas de "pero-qué-tonto-eres." —No te preocupes. Va a ser estupendo. Y me voy a ganar el primer premio. Y además mamá me compró esos materiales a mí y no te voy a dar a ti ninguno.

Jessie oyó a Evan decir "tacaña" justamente en el momento en que ella le cerraba la puerta en la cara.

Y ahora habían venido tres de los amigos de Evan: Paul, Jack y Ryan. Todos habían traído bolsas de papel. Y estaban en el garaje haciendo muchísimo ruido. Habían pegado a la puerta un cartel grande: PROHIBIDO EL PASO. No es que Jessie hubiera querido entrar. ¿A quién le importa lo que haga un grupo de chicos? Pero hubiera querido que Megan la hubiera invitado a su casa antes y no después del almuerzo.

Jessie entró en la cocina para hacerse un sándwich de pavo. Los chicos habían hecho un desastre de mantequilla de cacahuete, Doritos, y, sí, charcos pegajosos de limonada. Jessie miró rápidamente en el basurero debajo del fregadero. Había doce latas vacías de limonada congelada. ¡Doce! Eso equivalía a noventa y seis vasos de limonada. Noventa y seis ventas posibles. ¡Qué barbaridad!

¿De dónde había sacado Evan la limonada? No había ido a la tienda y, de todos modos, no tenía dinero. Entonces Jessie se acordó de las bolsas de papel que Paul, Ryan y Jack habían traído. Estaba segura que los chicos habían saqueado sus refrigeradores.

¡No era justo! Ella y Megan tenían que comprar la limonada hoy, usando el dinero que habían ganado ayer. ¿Cómo iban a poder competir si los chicos tenían limonada gratis para vender?

—Piensa, Jessie, piensa —se susurró. No podía dejar que esos chicos ganaran.

Cuando terminó su almuerzo y limpió lo que ella había ensuciado (no iba a mover ni un dedo para limpiar el desastre hecho por los chicos) ya tenía los principios de un plan.

Por eso, se sintió superconfundida cuando tocó a la puerta de Megan y apareció Carly Bronwell. Jessie estaba lista para decir: "Tengo una gran idea". Pero allí estaba Carly, mirándola como si fuera un gusano.

—Eh, ¿está Megan en casa? —preguntó Jessie.

Carly no abrió la puerta de tela metálica; en cambio, miró a la izquierda y a la derecha de Jessie. —¿Dónde está Evan?

—¿Qué? —dijo Jessie.

Megan bajó las escaleras corriendo. Traía varios frascos de esmalte de uñas. —Oh, hola, Jessie —dijo, abriendo la puerta y sacando la cabeza para ver quién llegaba—. ¿Dónde está Evan?

—Está en casa. ¿Por qué? —preguntó Jessie.

Carly hizo un ruido como el resoplido de un hipo-
pótamo.

—Yo creí que tú habías dicho que iba a venir
—dijo Megan.

—No, no dije eso —dijo Jessie—. Tú dijiste que
sería divertido tener un puesto de limonada los tres
y yo dije que sí, que sería divertido.

—¿Y él no quiso? —preguntó Megan.

—No se lo pregunté —dijo Jessie.

—Pero yo creía que ibas a hacerlo —dijo Megan.

—Entonces, deberías haberme dicho: "Jessie,
pregúntale a Evan si quiere tener un puesto de limonada con nosotras mañana". Entonces se lo hubiera preguntado. —Esto era precisamente lo que
volvía loca a Jessie de las chicas. Siempre decían las
cosas a medias y esperaban que uno entendiera la
otra mitad. Y Jessie nunca entendía la otra mitad.

Carly miró a Megan. Jessie no sabía exactamente
lo que significaba la mirada, pero estaba segura que
no era nada bueno.

Esa era otra cosa que Jessie odiaba de las niñas.

Siempre estaban echándose miradas. Miradas que contenían todo tipo de mensajes extraños y complicados.

El año pasado, en segundo grado había cuatro niñas que siempre estaban intercambiando miradas: Becky Baker, Lorelei Sun, Andrea Hennessey y Eileen Garrett. Jessie las observaba y sabía que Evan tenía razón. Se hablaban sin palabras. Usaban los ojos para pasarse mensajes secretos. También sabía que ella no les caía bien, pero solo porque Evan se lo había explicado por fin durante las vacaciones de Navidad. Jessie se sorprendió mucho cuando Evan se lo dijo. Esas niñas se reían tanto, ¿cómo era posible que fueran tan crueles?

Eran las cuatro que habían empezado el club: el Club de "Todos amamos los juguetes". O, como lo llamaban ellas, el Club TAJ. Becky era la presidenta y siempre les estaba diciendo a las otras chicas lo que debían hacer. Hicieron carteles y botones de papel y tarjetas de identificación. La maestra, la Sra. Soren, no solía permitir los clubs en la clase, pero hizo una excepción diciéndoles a las chicas:

—Bueno, pueden usar los botones en clase, pero sólo si cualquier alumno que lo quiera, puede ser miembro del club. —Al final del día, todos los chicos de la clase tenían un botón del club, hasta Jessie que nunca antes había pertenecido a ningún club.

Becky parecía muy amable con ella. —Esa debería haber sido tu primera pista —le dijo después Evan a Jessie. Becky hizo botones extras para Jessie y hasta ayudó a pegárselos por toda la camisa. Y le hizo una tarjeta de identificación especial. Y también un letrero que le ayudó a pegar en su carpeta de Taller de Autores.

Jessie se acordó de cómo todas las chicas se reían y ella se reía también. Y las extrañas miradas que se intercambiaban Becky y Lorelei y Andrea y Eileen, como si fueran notas secretas que Jessie nunca podía leer.

Al día siguiente, la Sra. Soren recogió todos los botones, todas las tarjetas de identificación y hasta le dio a Jessie una nueva carpeta del Taller de Autores. —No hay clubs en esta clase —dijo—. Fue una equivocación permitir que hubiera uno, ni siquiera por un día.

En el patio de la escuela Jessie se acercó a Becky y le preguntó: —¿Por qué no quiere que haya un club?

Becky le echó una mirada agria. Había estado disgustada toda la mañana, ¿No te das cuenta, tonta? TAJ no quiere decir "Todos Amamos los Juguetes". Eso fue lo que le dijimos a la Sra. Soren. Quiere decir "Todos Aborrecemos a Jessie". Es el Club Todos Aborrecemos a Jessie y no hay nadie en la clase que no pertenezca al club.

Jessie se quedó mirando a Becky. ¿Por qué la odiaban? ¿Qué les había hecho ella? No tenía sentido. Y entonces Lorelei, Andea y Eileen se habían reído y hasta Becky había logrado una sonrisa burlona.

—Imbéciles —dijo Evan cuando Jessie le contó todo lo que había pasado—. Tienen piedras en lugar de cerebros. Pero, Jess, tienes que protegerte de chicas como esas.

Ahora, de pie, en la entrada de la casa de Megan,

Jessie miró a Carly. Algo adentro le dijo que Carly era "una chica de esas".

—Miren —dijo Jessie—. No importa. Evan no puede venir. Está ocupado. Y tenemos que empezar con el puesto de limonada. Tengo una gran idea.

—No queremos tener un puesto de limonada —dijo Carly.

Jessie miró a Megan.

—Es que… —Megan jugueteó con los frascos de esmalte de uñas que tenía en las manos, igual que lo había hecho con las pulseras el día anterior—. Hace bastante calor. Y ya hicimos lo de la limonada. Y ahora Carly está aquí. Así que, tú sabes.

—Dijiste que querías hacerlo —dijo Jessie. *Y yo creí que te caía bien,* pensó para sí. Sintió que le temblaba el labio inferior. *No ahora,* se gritó en silencio a sí misma. *¡No se te ocurra portarte como una bebita!*

Megan se quedó en silencio, jugueteando con los frascos. Y luego se volvió a Carly: —Anda, ven, Carly. Nos divertiremos. Ayer hicimos una *tonelada* de dinero. Y de veras fue… divertido.

Carly se cruzó de brazos, apretó los labios y

levantó una ceja. Era sorprendente ver cuánto podía levantar esa ceja. Jessie nunca había visto a alguien levantar tanto una ceja.

—Anda, Carly —Megan dijo otra vez. Carly no movió ni un músculo.

—Bueno, entonces… —la voz de Megan fue disminuyendo. Golpeó un frasco de esmalte de uñas contra otro y el sonido llenó el largo silencio. —Creo que entonces, Jessie y yo tendremos el puesto de limonada nosotras solas.

Carly bajó la ceja y los brazos. —Como quieran —dijo mientras salía por la puerta—. Pásate el día de cuidadora de niños si quieres. —La puerta de tela metálica dio un golpe al cual siguió un gran silencio.

—Como quieran —dijo Megan, imitando la voz de Carly.

Jessie se rio aunque todavía le dolía el comentario sobre cuidadora de niños. —Gracias por haber aceptado tener un puesto de limonada conmigo —dijo.

—¿Estás bromeando? —dijo Megan—. Es una tonta méteme en todo. Yo ni siquiera la había invitado. Ella pasó por aquí y cuando comenté que Evan y tú vendrían, se entró en la casa.

—¿Son todas las chicas de cuarto grado como ella? —preguntó Jessie, tratando de parecer indiferente.

—Algunas sí, otras no —dijo Megan. Se sentó en los escalones y abrió un frasco de esmalte de uñas de color azul celeste. Y empezó a pintarse las uñas de los pies, con brochazos expertos. —Ah, es verdad. Vas a estar en nuestra clase este año. Es tan raro. Saltarse un grado.

—Hay mucha gente que se salta un grado —dijo Jessie.

—¿De veras? Nunca he conocido a nadie. Toma. Píntate tú las uñas de verde, así iremos coordinadas.

Jessie terminó con más pintura de uñas en los dedos de los pies que en las uñas. Pero cuando habían terminado, Jessie también había explicado su plan del día: Valor añadido.

—Mira —le dijo, sacándose *Diez ideas brillantes para aumentar las ventas* del bolsillo trasero de sus pantalones cortos. Lo abrió en la Idea brillante #2 y señaló con el dedo:

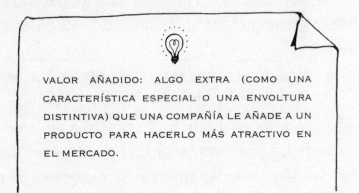

VALOR AÑADIDO: ALGO EXTRA (COMO UNA CARACTERÍSTICA ESPECIAL O UNA ENVOLTURA DISTINTIVA) QUE UNA COMPAÑÍA LE AÑADE A UN PRODUCTO PARA HACERLO MÁS ATRACTIVO EN EL MERCADO.

—Eso quiere decir que les daremos a los clientes algo extra, que no esperaban —explicó Jessie.— Después de todo, cualquiera puede ir a su casa y hacerse su propia limonada. ¿Verdad? Si queremos que nos la compren a nosotras debemos darles algo extra. *Le añadimos valor*.

—Magnífico —dijo Megan—. ¿Qué le vamos a añadir?

—¿Qué te parece si les damos papitas fritas? O quizá *pretzels*. A todo el mundo le gustan las papitas fritas y los *pretzels*. Pondremos un bol en la mesa y todo el que compra limonada puede comer algunos.

—Así añadimos valor, algo que comer con la limonada.

—Sí, solo que... —Jessie se había quedado leyendo hasta tarde el folleto de su madre.— ¿Sabes lo que estamos añadiendo en realidad? Diversión. Eso es lo único que la gente no puede conseguir por sí mismos. *Parece* que estamos vendiendo limonada y algo para picar. Pero en realidad estamos vendiendo diversión. Y todo el mundo quiere divertirse.

—Fantástico —dijo Megan.— Muy inteligente. Será como una fiesta. ¿Y a quién no le gusta una fiesta?

Jessie asintió. Con cuidado arrancó del folleto la definición de *valor añadido* y la guardó en su caja metálica. Su madre siempre decía: *Hay ideas que son como dinero en el banco.*

Una hora después ya estaban preparadas. Habían redecorado el puesto de limonada con globos y serpentinas. Habían puesto sobre la mesa tres bols con cosas para picar, *Cheetos*, papitas fritas y *pretzels*. Jessie había bajado del cuarto de Megan su radio tocadiscos y Megan estaba haciendo de DJ con su colección de discos compactos. Parecía como si una fiesta hubiera brotado en el medio de la acera de cemento. El puesto parecía gritarle a quienes pasaban:

—¡Vengan! ¡Únanse a la fiesta!

Tan pronto como empezó la música los clientes empezaron a acercarse. Una de las mamás del otro lado de la calle puso un aspersor de riego en el jardín frente a su casa y muy pronto todos los niños del barrio estaban corriendo a mojarse en el agua del aspersor y agarrando puñados de Cheetos. Dos mujeres que estaban paseando a sus perros se pararon a comer algo y se quedaron por una hora. Y tres o cuatro de las madres de los alrededores pusieron sillas de jardín cerca del puesto y hablaban y comían *pretzels* mientras sus hijos corrían a mojarse.

Pero Jessie se dio cuenta de algo curioso. Aunque había mucha actividad alrededor del puesto y las cosas para picar volaban de los bols tan rápidamente que Megan apenas tenía tiempo para volver a llenarlos, no vendían mucha limonada.

—Hey, Jordan —le dijo Jessie a un niño de cuatro años que pasó corriendo en traje de baño.— ¿No quieres un vaso de limonada?

Jordan se lanzó al bol de *pretzels* y sacó un puñado. —Ya tomé demasiado. ¡Cuatro vasos! —y se fue corriendo.

—¡Cuatro vasos! —le dijo Jessie a Megan—. ¡No ha comprado ninguno! Sra. Doran, ¿no quiere un vaso de limonada?

—Lo siento, Jessie, pero no debo —dijo la Sra. Doran—. Ya me he tomado dos y estoy intentando de no tomar tantas bebidas dulces.

—*¿Dónde está bebiendo tanta limonada la gente?* —se preguntó Jessie. Y miró hacia la calle. *Un momento.*

—Megan, cuida el puesto —dijo Jessie.— Vengo enseguida.

—No te preocupes —dijo Megan, bailando al son de la música—. Este puesto de limonada fue la mejor de las ideas. ¡Es como una fiesta de cumpleaños para todo el barrio!

Jessie fue caminando hacia la curva de la calle. Estaba preparada para lo peor. Ver el puesto de limonada de Evan lleno de clientes. Pero no había nada. Absolutamente nada. La esquina estaba desierta.

Cruzó la calle y entró en el garaje de su casa. Allí estaba la nevera, sucia y vacía. Y el montón de sillas. Cuatro esta vez. Y había algo más. Esos carteles eran nuevos.

Jessie examinó los tres trozos de cartón pluma. Detrás de cada uno de ellos había una parte del proyecto que Evan había hecho sobre pingüinos el año pasado en tercer grado. Del otro lado había en letras grandes:

¡Disminuya la velocidad!
¡La limonada más
barata de la ciudad!

¡Más adelante!

¡Precios de ayer!

¡Limonada de hoy!

¡No podrá creerlo!

¡Limonada helada!

¡sólo 10 ¢ el vaso!

Jessie no podía creerlo. Diez centavos el vaso. ¡Qué locura! Incluso si vendían los noventa y seis vasos, sólo ganarían $9.60. Y dividido entre cuatro era sólo $2.40 para cada uno. Evan no iba a ganar nunca cien dólares con tales ganancias.

Jessie bajó al sótano. Evan y Paul estaban jugando hockey de mesa. El disco voló a la meta de Evan y Paul levantó los brazos en el aire formando la V de la victoria.

—¡Vaya! —dijo Evan—. Estás ganando.

—¿Ganando? ¿Ganando? ¿Te estás burlando de mí? —dijo Paul. Y bajó la voz hasta que era casi un gruñido y dijo: —Yo juego para ganar. Juego para *pul-ve-ri-zar*. Sonaba como el actor musculoso de *Agente Down*, la película de la que hablaban todos los chicos. Paul estaba incluso flexionando los músculos como el actor, excepto que Paul no tenía músculos. Por lo menos no tenía ninguno que Jessie pudiera ver.

Cuando Paul vio a Jessie, bajó los brazos. —Hola —dijo. De todos los amigos de Evan, Paul era el favorito de Jessie. Siempre bromeaba con ella, pero de buena forma. Y nunca le importaba si Evan la invitaba a que fuera con ellos.

—Hola —dijo Jessie—. ¿Qué hay?

Evan apagó la mesa de hockey. —Nada —dijo—. Estamos por irnos.

Paul soltó el palo de hockey en la mesa y siguió a Evan al garaje. Jessie los siguió.

—¿Adónde van? —preguntó.

—A las vías de tren —dijo Paul, poniéndose el casco para montar bicicleta—. Pusimos varios centavos en los rieles por la mañana y vamos a verlos. ¡Aplastados! Tú quieres…

—¡YA! —gritó Evan.

—Discúlpame —murmuró Paul—. Nos vemos —le dijo a Jessie.

Jessie odiaba sentir como si la hubieran dejado de lado. Como si no quisieran que estuviera con ellos. Evan nunca la había hecho sentirse así antes, aunque a veces *sí* quería estar solo con sus amigos. Siempre había dicho cosas como "Jess, vamos a ir a practicar básquetbol, sólo nosotros dos, pero cuando regresemos podemos jugar contigo". Y ella sabía que la quería, aun cuando no la invitaba a acompañarlos.

Pero ahora, era como si la odiara. Como si no quisiera jugar con ella nunca más. Y Paul actuaba de la misma manera.

Jessie gruñó: —Así que lo vendieron todo en el puesto de limonada hoy, ¿no?

—Sí. Lo vendimos todo —dijo Evan.

—¿Y cuánto ganaste? ¿Unos tres dólares? —preguntó.

—De hecho hicimos una tonelada. ¿Cuánto fue, Paul?

—Cuarenta y cinco dólares —dijo Paul.

Jessie se quedó boquiabierta. ¡Cuarenta y cinco dólares! —No puede ser —dijo.— No a diez centavos por vaso.

—Oh, sólo los niños pequeños pagaron eso —dijo Evan—. Los adultos nos dieron mucho más. "¡Es demasiado barato!" —decían—. "Y en un día tan caluroso. Y están trabajando tan duro. Mira, aquí tienes un dólar. No tienes que darme cambio". ¡Era una locura!

—¡Increíble! —dijo Paul—. Nos seguían dando todo este dinero porque creían que era encantador que estuviéramos vendiendo limonada por diez centavos. Fue fantástico.

Idea brillante #5, Jessie la recordó inmediatamente. —Se llama *buena voluntad* —dijo lentamente. Podía ver la página exacta del folleto de su madre donde estaba la definición.

BUENA VOLUNTAD: UNA VENTAJA INTANGIBLE PERO RECONOCIBLE QUE SE PRODUCE CUANDO SE HACEN/ SE VENDEN BUENOS PRODUCTOS, TENER BUENAS RELACIONES CON LOS CLIENTES Y PROVEEDORES Y GOZAR DE LA ESTIMA DE LA COMUNIDAD.

—Es cuando haces algo agradable en los negocios y resulta en una ganancia en dinero —suspiró. ¿Por qué no había pensado ella en eso? Se aseguraría de arrancar esa definición del folleto y ponerla en su caja de metal en cuanto regresara al puesto de limonada.

—Bueno. No importa. Lo cierto es que lo vendimos todo —dijo Evan.

—Aun así —dijo Jessie, tratando de encontrar un modo de probar que Evan *no* había tenido un buen día vendiendo limonada.— Eran cuatro personas en el puesto. Así que si dividen cuarenta y cinco dólares entre cuatro sólo sacaron once dólares con veinticinco centavos cada uno. *Que es mucho más que lo que yo voy a ganar hoy,* pensó, *ya que todo el mundo se ha saciado con limonada barata.*

—No lo estamos dividiendo —dijo Evan—. Los chicos me dijeron que puedo quedarme con todo.

—Así es —dijo Paul—. ¡Todo por una buena causa!

—Eso no es justo —dijo Jessie.

—Claro que sí —dijo Evan, montándose en la bicicleta—. En caso de que no lo sepas, eso es lo que pasa cuando se tienen *amigos.* —Evan cruzó la calle.

—Ay —dijo Paul—. Nos vemos, Jess. —Y siguió a Evan.

Jessie se quedó sola de pie frente a su casa.

Capítulo 7

Ubicación,
Ubicación,
Ubicación

ubicación s. f. Un término en bienes raíces que se refiere al lugar donde se encuentra una propiedad (local,terreno) en relación al valor de ese bien raíz

Evan estaba en problemas. Había ganado cuarenta y siete dólares y once centavos que era más dinero de lo que había tenido en toda su vida. Pero hoy era viernes. Sólo quedaban tres días. Tres días para ganarle la apuesta a Jessie. Necesitaba ganar casi cincuenta y tres dólares más para ganar la apuesta. Y eso significaba que cada día tenía que ganar…

Trató de sacar la cuenta mentalmente. Cincuenta y tres dividido entre tres. El cerebro le daba vueltas como un trompo. No sabía cómo comenzar.

Fue a su escritorio, tomó una hoja de papel (su horario de básquetbol del invierno pasado) y lo volteó. Encontró un lápiz gastado en el cajón inferior de su escritorio y escribió en el papel

$$53 \div 3 =$$

Miró y miró la ecuación en el papel. El número 53 era demasiado grande. No sabía cómo resolverlo.

—Jessie sabría —murmuró, garabateando con fuerza en la página. Jessie sabía hacer divisiones. Jessie se sabía las tablas de multiplicar hasta catorce por catorce. Jessie podía mirar un problema como este y hacerlo mentalmente. *En un segundo.*

Evan sintió que se le contraía la boca, que los dedos agarraban el lápiz con fuerza mientras dibujaba una nube de tormenta en la página. Sus papeles de matemáticas en la escuela estaban llenos de X. Nadie recibía tantas X como él. Nadie.

Haz un dibujo. La voz de la Sra. DeFazio le flotaba en la cabeza. Siempre le recordaba que hiciera un dibujo cuando él no sabía cómo empezar un problema de matemáticas. *¿Un dibujo de qué?* se preguntó. *Cualquier cosa*, fue la respuesta.

¿Cualquier cosa? Sí, cualquier cosa siempre que haya cincuenta y tres de esa cosa.

Símbolos de dólar. Evan decidió trazar símbolos de dólar.

Empezó por hacer tres líneas de símbolos de dólar.

—Uno, dos, tres, —contaba mientras los dibujaba:

$

$

$

—Cuatro, cinco, seis —dibujó:

$ $

$ $

$ $

Cuando había llegado a cincuenta y tres, su página se veía así:

$ $ $ $ $ $ $ $ $ $ $ $ $ $ $ $ $ $ $

$ $ $ $ $ $ $ $ $ $ $ $ $ $ $ $ $ $ $

$ $ $ $ $ $ $ $ $ $ $ $ $ $ $ $ $ $

Todas las líneas tenían diecisiete símbolos de dólar. Y luego sobraban dos. Evan trazó un círculo para encerrar esos dos:

$ $ $ $ $ $ $ $ $ $ $ $ $ $ $ $ $ $ $

$ $ $ $ $ $ $ $ $ $ $ $ $ $ $ $ $ $ $

$ $ $ $ $ $ $ $ $ $ $ $ $ $ $ $ $ $

Diecisiete símbolos de dólar. Y dos que sobraban. Evan miró el dibujo por mucho rato. Luego escribió "viernes" junto a la primera fila, "sábado" junto a la segunda y "domingo" junto a la tercera.

viernes $ $ $ $ $ $ $ $ $ $ $ $ $ $ $ $ $ $ $

sábado $ $ $ $ $ $ $ $ $ $ $ $ $ $ $ $ $ $ $

domingo $ $ $ $ $ $ $ $ $ $ $ $ $ $ $ $ $ $

Evan miró lo que había dibujado. Empezaba a tener sentido. Necesitaba ganar diecisiete dólares el viernes, diecisiete dólares el sábado y diecisiete dólares el domingo. Y durante esos tres días necesitaba hacer dos dólares *extra* a fin de ganar los cincuenta y tres dólares para el domingo por la noche.

Le saltaba el corazón en el pecho. Lo había logrado. Había conseguido dividir cincuenta y tres por tres. Esto era un problema de *cuarto grado*. Era matemáticas de *cuarto grado*. Y él ¡ni siquiera había empezado cuarto grado! Y nadie lo había ayudado. Ni Mamá, ni Abuelita, ni Jessie. Lo había hecho él solo. ¡Era como lanzar el cesto ganador cuando estaban en tiempo suplementario! No se había sentido tan bien desde que había empezado la Guerra de la Limonada.

Pero, ¿diecisiete dólares por día? ¿Cómo iba a conseguirlos? Ayer había hecho cuarenta y cinco dólares, pero fue porque tuvo ayuda (y mercancía gratis) gracias a sus amigos. Pero ellos no iban a querer participar en un puesto de limonada todos los días. Especialmente durante los últimos días de vacaciones del verano.

Necesitaba un plan. Algo que garantizara buenas ventas. El tiempo estaba a su favor, sin ninguna duda. Iba a hacer 95 grados hoy. Un horno. La gente tendría sed, sin duda. Evan cerró los ojos y se imaginó un montón de gente sedienta, todos mostrándole sus billetes de dólar. ¿Dónde iba a encontrar un montón de gente sedienta con dinero para gastar?

Evan sintió que le llegaba una idea. *¡Sí!* Era perfecto. Sólo necesitaba encontrar algo con ruedas que le permitiera llegar allí.

A Evan le tomó media hora tirar de su vagón cargado hasta el centro del pueblo, una distancia que, en bicicleta usualmente le tomaba cinco minutos. Pero una vez que llegó, sabía que había valido la pena.

Era la hora de almuerzo y mucha gente se reponía del calor en los bancos del parque que estaban a la sombra. Algunos eran empleados de las tiendas cercanas, que estaban en su hora de descanso del medio día, otros eran madres con sus hijos y ancianos que no querían estar encerrados en casa todo el día. Pasaban estudiantes de la escuela secundaria en sus patinetas. Y niños de edad preescolar se trepaban en la estatua que representaba a un grupo de niños de tamaño natural que jugaban en un círculo tomados de la mano. Y bajo los árboles había perros acostados con la lengua afuera, *ja, ja, ja*.

Evan observó la escena y eligió su local, justo en el centro del parque, donde se cruzaban los caminos. Toda persona que cruzara el parque pasaría junto a su puesto. ¿Y quién podría resistirse a tomarse una limonada en un día tan caluroso?

Pero, primero, colocó el vagón parcialmente debajo de un rododendro. Luego cruzó la calle y entró al Big Dipper.

¡Qué bien se sentía el aire frío en la piel! Era como haberse caído dentro de un enorme recipiente de helado recién derretido. Y qué bien olía... *mmmmm*. Una mezcla de vainilla, chocolate, coco, caramelo y chicle. Miró todos los recipientes de helado, en fila, cuidadosamente protegidos por un vidrio. El dinero que llevaba en el bolsillo le tentaba. Le quedaba bastante después de comprar cinco latas de limonada congelada con sus ganancias de ayer. ¿Qué mal le iba a hacer comprar un barquillo? ¿O un batido? ¿O ambos?

—¿En qué puedo ayudarle? —le preguntó la mujer detrás del mostrador.

—Ah, sí —dijo Evan. Se metió la mano en el bolsillo y tocó el dinero. Billetes y monedas entre sus dedos. El dinero era para gastarlo. ¿Por qué no gastar un poquito?

—Yo, ah… —Evan podía imaginarse lo bien que iba a saber el helado deslizándose por su garganta caliente. Cremoso. Dulce. Como una delicia fresca y dorada. Dejó vagar su mente mientras observaba los cubos de helado.

Cuando oyó una risa, regresó a la tierra en un instante.

Miró a su alrededor. Eran sólo unas chicas que no conocía bebiendo agua en el bebedero. Pero había *sonado* como Megan Moriarty.

—¿Cuánto cuesta un vaso de limonada, por favor?

—Tres dólares —dijo la mujer.

—¿De veras? —dijo Evan—. ¿Tanto? ¿De qué tamaño es el vaso?

La mujer levantó un vaso de plástico y se lo enseñó. No era mucho más grande que los vasos de ocho onzas que Evan tenía en su vagón.

—¡Tres dólares! Es un montón —dijo Evan—. Bueno, gracias. —Y empezó a caminar hacia la puerta.

—Mira —dijo la mujer señalando los helados—. Puedo darte a probar gratis.

—¿De veras? —dijo Evan—. ¿Puedo probar la Fiesta de Fresas? —La mujer le dio una cucharita de plástico menuda con un helado rosado que se podría acabar en tres lamidas. Evan se lo tragó de un golpe. *Aahhh.*

Afuera se puso a trabajar. Primero llenó sus jarras con agua del bebedero. Después mezcló la limonada congelada. Luego sacó un marcador azul grueso y escribió en una hoja de papel: "$2 el vaso. El mejor precio de la ciudad".

Apenas había terminado de instalarse cuando los clientes empezaron a hacer cola. Y no dejaban de llegar. Durante toda una hora sirvió limonada. *El mundo es un lugar sediento*, pensó mientras casi se le acababa su cuarta jarra del día. Y yo soy el *Rey de la Limonada*.

(Luego Evan recordaría algo que decía su abuela: "El orgullo precede a la caída".)

Cuando Evan levantó la vista, allí estaba un policía, el agente Ken, con las manos en las caderas, observándolo desde arriba. Evan tragó saliva. Y se quedó mirando el enorme revólver en su funda en el cinturón del agente Ken.

—Buenas —dijo el agente Ken, sin sonreír.

—Hola —dijo Evan. El agente Ken hacía el Rodeo de Bicicletas todos los años en la escuela de Evan. Era también el policía que había acudido el otoño pasado cuando apareció un ganso herido en el patio de recreo. El agente Ken siempre sonreía. *¿Por qué no sonríe ahora?* se preguntaba Evan.

—¿Tienes un permiso? —preguntó el agente

Ken. Tenía una voz gruesa, aun cuando hablaba suavemente como ahora.

—¿Quiere decir como un permiso para montar en bicicleta? —De eso se trataba el Rodeo. Si los alumnos de tercer grado pasaban el Rodeo les daban su permiso de montar en bicicleta y podían ir a la escuela en sus bicis.

—No. Quiero decir un permiso para vender comida y bebida en un lugar público. Tienes que conseguir un permiso en la alcaldía. Y pagar por ese privilegio.

¿Pagarle a la alcaldía para tener un puesto de limonada? ¿Estaba bromeando? Evan miró la cara del agente Ken. No parecía estar bromeando.

—No sabía que lo necesitaba —dijo Evan.

—Lo siento, amigo —dijo el agente Ken—. Tengo que obligarte a cerrar. Es la ley.

—Pero... pero... hay puestos de limonada por todo el pueblo —dijo Evan. Pensó en el puesto de Jessie y Megan. Mientras que él había ido arrastrando su vagón por más de una hora, su puesto parecía una colmena, con niños pequeños amontonados todo alrededor. Había leído el cartel en su puesto: Gratis. Caras pintadas. Uñas pintadas. Trencitas.

¡Qué trucos! Pero parecía estarles dando resultado.

—¿Sabe? —dijo Evan.— Ahora mismo hay un puesto en la calle Damon. Debería hacer una redada por allí.

El gente Ken sonrió. —No nos damos por enterados cuando es en un barrio residencial. Pero aquí en el parque de la ciudad tenemos que hacer cumplir la ley. Si no lo hiciéramos, habría alguien vendiendo cualquier cosa cada dos pies.

—Pero... —Tendría que haber otro modo de convencer al agente Ken. ¿Cómo podría Evan convencerlo? —Mire, tengo una hermanita. Y tenemos una... una... competencia. Para ver quién puede vender más limonada. Y *tengo* que ganar yo. Porque ella es... —No podía explicar el resto. Sobre el cuarto grado. Y cuánta vergüenza le daba estar en la misma clase que su hermanita. Y cómo eso lo hacía sentirse como un gran perdedor.

Evan miró al agente Ken. El agente Ken miró a Evan. Era como si el agente Ken llevara puesta una máscara. Una máscara de no sonreír. De yo no soy tu amigo.

Luego el agente Ken movió la cabeza y sonrió, y se le cayó la máscara. —Yo también tengo una hermanita —dijo—. Ahora la quiero muchísimo, pero cuando éramos chicos... —El agente Ken aspiró el aire y volvió a mover la cabeza. *Ufff!*

Entonces la máscara volvió a aparecer. Y el agente Ken miró a Evan por diez segundos muy firmes.

—Bueno, mira —dijo el agente Ken—. *Tengo* que obligarte a cerrar. La ley es la ley. Pero antes de hacerlo te compraré el último vaso de limonada. ¿Qué te parece?

A Evan se le ensombreció la cara. —Bueno —dijo sin entusiasmo. Llenó de limonada un vaso extra grande y se lo dio al policía.

El agente Ken se metió la mano en el bolsillo y le

dio un billete de cinco dólares. —Quédate con el cambio —le dijo—. Una contribución al Fondo del Hermano Mayor. Ahora recoge tus cosas y no dejes ninguna basura. —Levantó el vaso como en un brindis y se marchó.

Evan lo observaba marcharse. *Increíble*, pensó. *Acabo de vender el vaso de limonada más caro del pueblo.*

Evan miró el billete de cinco dólares que tenía en la mano.

Era curioso. Hacía dos días se hubiera sentido como un rey con ese dinero en la mano. Era bastante para comprar dos porciones de pizza y un refresco con sus amigos. Era bastante para alquilar un DVD y pasarse la noche viéndolo en la casa de alguien. Era bastante para comprar una bolsa entera de sus caramelos favoritos en CVS.

Hacía dos días hubiera estado dando saltos de alegría.

Ahora miraba los cinco dólares y pensaba, *No es nada.* Comparados con los cien dólares que necesitaba para ganar la guerra, cinco dólares no eran *nada.* Sentía cómo si le hubieran robado algo, quizá la felicidad que debía sentir.

Puso todo lo del puesto en su vagón y se aseguró de no dejar ni rastro de basura. Todavía le quedaba un vaso de limonada en una de las jarras, sin mencionar que tenía otra jarra de limonada ya preparada sin vender, así que se sirvió un vaso. Luego, antes de empezar el largo camino de regreso arrastrando el vagón, encontró un banco en la sombra y sacó sus ganancias del bolsillo.

Las contó una vez. Las contó dos veces. Muy despacio.

Tenía sesenta y cinco dólares. Si les sumaba las ganancias del miércoles y del jueves, tenía ciento tres dólares y once centavos.

Ahora sí que es *bastante*, pensó.

Capítulo 8

GlObaliZaciÓn

globalización s. f. Expansión del mercado más allá de las áreas inmediatas de producción.

El sábado por la mañana Jessie durmió hasta tarde. Y aun cuando abrió los ojos, ¡a las 9:05!, todavía estaba cansada. *¿Cómo es posible que me levante cansada?* se preguntó enterrando la cabeza en la almohada, y seguía dormitando.

Cinco minutos más tarde se había despertado y se acordó por qué estaba tan cansada. El trabajo de ayer en el puesto de limonada había sido el más duro de su vida. Pintarles las caras a los niños, hacerles trencitas y pintarles las uñas había parecido tan buena idea. Jessie estaba segura que todos los niños del barrio les comprarían un vaso de limonada.

Pero eso era precisamente el problema. Cada niño había hecho cola para comprar una limonada, y luego habían querido que les pintaran la cara, les hicieran trencitas, les pintaran las uñas de las manos y las de los pies. Un niño había pedido que le pintaran las dos mejillas, los dos brazos y el estómago. Una niña había pedido un montón de trencitas con lazos. ¡Y las uñas! Todos querían colores y calcomanías distintas y era imposible que se estuvieran quietos el tiempo suficiente para que la pintura se secara.

—Nos vamos a quedar sin limonada —le dijo Megan a Jessie mirando la cola que se alargaba hasta la calle.

—Sirve medio vaso en lugar de un vaso entero —dijo Jessie—. Nos tiene que alcanzar.

Jessie y Megan habían ganado veinticuatro dólares cada una con la limonada. Pero habían trabajado ocho horas para conseguirlo. Al final del día estaban de acuerdo: Una buena idea, pero ¡*no valía la pena*!

Después de desayunar, Jessie sacó su caja de metal con cerradura y se sentó en la cama. Ella guardaba la caja en el clóset escondida debajo de algunos suéteres. Y la llave la tenía en una cajita de plástico en un cajón de su escritorio. La cajita parecía un paquete de chicle. Nunca nadie se hubiera imaginado que estaba hueca y que en un lado tenía un panel secreto que se deslizaba.

Jessie abrió la caja y levantó la tapa. Primero sacó los tres papeles que había arrancado del folleto. Uno era sobre el *valor añadido* y el otro sobre la *buena voluntad*. Había un tercero que Jessie había añadido la noche anterior:

MARGEN DE GANANCIA: VENTAS MENOS EL COSTO OPERATIVO DIVIDIDO ENTRE EL NÚMERO DE VENTAS. EL RESULTADO ES UNA PROPORCIÓN. POR EJEMPLO, SI LE CUESTA $300 HACER 100 SOMBREROS Y LOS VENDE POR $500, EL MARGEN DE GANANCIA ES:

$$\frac{500-300}{100} = \frac{2}{1}$$

Jessie puso a su lado, sobre la cama, los tres pedazos de papel. No sabía por qué estaba guardando estas palabras, pero sentía que debían estar en su caja.

Luego sacó las ganancias de la venta de limonada. Cada día Megan había gritado de alegría por lo que habían ganado. Pero cada día Jessie sabía: *No es bastante. No va a ser bastante para ganar.*

Jessie contó el dinero. Hasta ahora había ganado cuarenta dólares. Era un montón de dinero. Pero no era suficiente. Todavía tenía que ganar sesenta dólares más. Y hoy era sábado. Sólo le quedaban dos días más de venta antes de que ella y Evan contaran sus ganancias el domingo por la noche. ¿Cómo iba a vender bastante limonada para ganar sesenta dólares en dos días?

No había modo. Ese era el problema. Ningún chico podía ganar cien dólares en sólo cinco días vendiendo limonada. El margen de ganancia era demasiado pequeño. Lo sabía porque había usado la calculadora la noche anterior para calcularlo.

Los números lo decían todo. No había forma de que dos niñas en un barrio residencial pudieran vender 375 vasos de limonada. Nadie quería *tanta* limonada, no importa cuánto calor hiciera.

Jessie miró el dinero en su caja y miró la página sobre su escritorio con los cálculos. Cualquier otro chico se hubiera dado por vencido. Pero Jessie no se daba por vencida. En los días buenos su madre la llamaba *persistente*. En los días malos le decía que *nunca sabía reconocer cuando ya era suficiente*.

Jessie tomó el folleto *Diez ideas brillantes para aumentar las ventas*. Estaba en su mesita de noche, justo al lado de *Las telarañas de Carlota*. A Jessie le temblaban las manos. Miró con nostalgia a Wilbur y a Fern quienes observaban a Carlota que colgaba de un hilo.

Pero esto era una guerra y no podía detenerse a leer por placer.

Abrió el folleto en la Idea brillante #6.

Una hora más tarde tenía otro pedazo de papel guardado en su caja y una nueva página de cálculos en el escritorio. Quizá diera resultado. *Podría* dar

Margen de ganancia de
1 lata de limonado (8 vasos!)

VENTAS
8 vasos @ 50¢/vaso = (8 x .50) = $4.00

GASTOS OPERATIVOS
Costo de la limonada = $1.25
Costo de 8 vasos de papel = $.15
Total de gastos operativos = $1.40

NÚMERO DE VENTAS
8 vasos = 8 ventas
Margen de ganancia = $\dfrac{\$4.00 - \$1.40}{8}$

$$= \dfrac{\$2.60}{8} = \dfrac{.325}{1}$$

Esto quiere decir que por cada vaso de limonada, ganamos cerca de 32¢. La mitad de las ganancias es para mi y la otra mitad es para Megan. Eso quiere decir que gano 16¢ por cada vaso que vendo.

Necesito ganar $60 para ganarle a Evan.
$60 = 6000¢ (porque 60 x 100 = 6000)
¿Cuántas veces cabe 16 en 6000?
6000 ÷ 16 = los vasos que tengo
       que vender = 375
¡Tengo que vender 375 vasos de limonada!
¡Estoy **PERDIDA**!

resultado. Pero ella y Megan tendrían que arriesgarlo todo, *todo* lo que habían ganado en los últimos tres días. Y Jessie tendría que ser más valiente que nunca.

Jessie se llevó la caja y los cálculos abajo. Fue a la cocina y abrió el directorio de la escuela, buscando los nombres de todas las niñas del tercer grado del año anterior. Las conocía a todas, por Evan, por el recreo, por la cafetería. Sabía quiénes eran. Les había visto la cara. Sabía quiénes eran simpáticas. Y quiénes no lo eran tanto. Pero no conocía a ninguna *de verdad*. No lo suficiente como para decirles: "¿Quieres hacer algo hoy?" No lo suficiente como para preguntar: "¿Quieres tener un puesto de limonada conmigo?"

Estas niñas iban a ser sus compañeras de clase. Jessie sintió que la cara se le encendía y que el labio superior se le llenaba de sudor. ¿Cómo se iba a sentir el primer día de clase en la escuela frente a todos esos ojos? ¿La mirarían fijamente? ¿Se burlarían de ella? ¿Fingirían que no la veían aun si ella las saludaba?

Jessie miró los nombres y cerró el directorio. No podía hacerlo. No era lo suficientemente valiente.

Evan entró en la cocina y tomó una manzana del frutero. Una nube de moscas voló y luego se posó de nuevo. Evan inspeccionó la manzana y luego, la mordió sin lavarla primero. Jessie quería decirle algo, pero se mordió la lengua. Lo miró y pensó: *Nunca me voy a sentir normal si no le puedo hablar a Evan.*

—Hola —le dijo.

Evan alzó la manzana como un saludo; tenía la boca llena.

—¿Va a venir hoy Paul? —preguntó.

Evan negó con la cabeza, masticando ruidosamente.

—¿Va a venir alguien más? —Jessie tenía curiosidad por saber qué planeaba el enemigo para aquel día. Ayer la sonrisa de Evan le había dicho bastante: había vendido un montón de limonada. Un *montón.* Pero, ¿qué iba a hacer hoy?

Evan se encogió de hombros. Tragó tan fuerte como si se estuviera tragando un trasatlántico.

—Pero, ¿vas a poner un puesto, verdad? —preguntó Jessie.

—No. No lo necesito —dijo Evan, fijando la vista en la manzana—. Hoy me lo voy a tomar con calma.

—Le dio otro gran mordisco a la manzana, salió de la cocina y bajó al sótano.

¿Tomárselo con calma? ¿Cómo podía tomárselo con calma? No se toman las cosas con calma cuando se está en medio de una guerra.

A menos que.

A menos que él ya hubiera ganado la guerra.

¿Sería posible?

Era imposible.

No podía ser que Evan hubiera ganado cien dólares vendiendo limonada en sólo tres días. *No podía ser*.

La mente de Jessie corría a gran velocidad como esas aves zancudas en la playa. ¿Lo había conseguido? ¿Podía ser cierto? ¿Estaban equivocados todos sus cálculos? ¿Había otro modo de lograrlo? ¿Había descuidado ella algún detalle? ¿Algún truco? ¿Qué se le estaba escapando?

Jessie abrió el directorio de la escuela. Quizá él tuviera los cien dólares. Quizá no. Ella no podía correr el riesgo. Empezó a poner una marca con lápiz al lado del nombre de las niñas que creía podrían valer.

Estaba revisando la lista por segunda vez cuando sonó el timbre de la puerta. Era Megan.

—Tengo una nueva idea —dijo Jessie.

—Ahhh, no más limonada —dijo Megan, dejándose caer sobre uno de los sofás en la sala de estar—. Estoy cansada de vender limonada. Y hace demasiado calor. Ayer por poco tengo una insolación pintando todas esas caras.

—Todo eso ya se acabó —dijo Jessie—. No más servicios extras. No compensan. Pero esta es mi idea...

—¡Olvídate de la limonada! Vamos al 7-Eleven —dijo Megan—. ¿Está Evan aquí? Podríamos ir todos.

—No. No está en casa —dijo Jessie, mirando la puerta del sótano. Necesitaba la colaboración de Megan para su plan. Necesitaba que Megan hiciera las llamadas de teléfono. —Mira. Es una gran idea. Y no tenemos que vender la limonada nosotras.

Jessie le explicó los detalles. Y le mostró a Megan un nuevo pedazo de papel:

FRANQUICIA: EL DERECHO A VENDER LOS PRODUCTOS DE UNA COMPAÑÍA Y USAR EL NOMBRE Y EL LOGO DE LA COMPAÑÍA EN CIERTAS ÁREAS.

Entonces le enseñó a Megan su hoja con los cálculos. Al principio Megan se tapó la cabeza con una almohada, pero luego sacó la cabeza como una tortuga y empezó a escuchar de verdad.

—Parece un buen plan —dijo—. ¿Pero va a dar resultado?

Jessie miró sus cálculos. Los había hecho dos veces.

—Debiera resultar bien —dijo—. De verdad creo

que sí. —De repente arrugó la frente. Ya no se sentía tan segura de sí misma. —Hay que invertir un montón al principio. Y es un montón de esfuerzo organizar a todo el mundo. Pero una vez que estén en su lugar, debiéramos poder sentarnos y ver cómo llega el dinero. La clave está en la distribución de todos de modo que haya bastantes clientes. Pero necesitamos por lo menos diez chicas. Quince sería mejor.

—Estás hablando de todo el cuarto grado —dijo Megan dudosa—. ¿Cómo vamos a conseguir que lo hagan?

—Bueno, tú puedes llamarlas a todas —dijo Jessie. Y le dio el directorio de la escuela abierto en la página de tercer grado.

—¿Yo? —dijo Megan—. ¿Por qué yo?

—Porque te conocen —dijo Jessie.

—También te conocen a ti—

—Sí, pero tú *les caes bien*.

Megan negó con la cabeza. —No todas esas chicas son mis amigas.

—Aun a las que no son tus amigas les caes bien. Tú le caes bien a *todo el mundo*, Megan.

Megan parecía avergonzada. —Oh. Tú también le caes bien a todos —dijo.

—No, no es cierto —dijo Jessie—. De veras que no.

Hubo un momento difícil de silencio entre las dos. Entonces Jessie se encogió de hombros y dijo: —No sé por qué no les caía bien a las chicas de mi clase el año pasado. Espero que este curso sea mejor.

Megan se golpeó las rodillas con los dedos. —Estás nerviosa, ¿verdad? Por lo de estar en cuarto grado —preguntó.

Jessie pensó. —Me preocupa que no haré nuevos amigos —dijo—. Que todos los chicos piensen que soy sólo una niñita de segundo grado —respiró hondo— y que no debiera estar allí.

Megan miró al techo por un minuto.

—¿Tienes una tarjeta, de esas de fichero? —preguntó.

—¿Qué?

—Necesito una tarjeta —dijo Megan. —¿Tienes una?

Jessie sacó una tarjeta en blanco de un fichero que estaba sobre el escritorio de la cocina. Se la dio a Megan. Megan empezó a escribir algo en la tarjeta.

—¿Qué haces? —preguntó Jessie.

—Estoy escribiendo un comentario —dijo Megan—. Es algo que vas a perder del tercer grado. Lo hacíamos cada viernes. A cada uno nos asignaban una persona y había que escribir algo positivo sobre esa persona en una tarjeta como esta. Luego había que leerlo en voz alta. —Dobló la tarjeta y se la dio a Jessie.

Jessie la abrió y leyó lo que había escrito Megan.

> Eres una persona muy agradable, y se te ocurren buenas ideas todo el tiempo. Es divertido estar contigo, y me alegro de que seas mi amiga. ♡

Jessie miró la tarjeta fijamente. Leyó las palabras una y otra vez. —Gracias —dijo en un susurro.

—Puedes guardarla —dijo Megan. —Es lo que yo hice. Tengo todas mis tarjetas con comentarios en una cesta en mi escritorio. Y cuando me siento triste o un poco desanimada las leo. Me ayudan a sentirme mejor.

Jessie dobló la tarjeta y la puso en su caja. La iba a guardar para siempre. Era como un amuleto.

—¿Y si yo hago la mitad de las llamadas y tú la otra mitad? —dijo Jessie.

—Bueno —dijo Megan y saltó del sofá.

Era sorprendente cuántas chicas del cuarto grado no tenían absolutamente nada que hacer tres días antes de que empezaran las clases. En menos de una hora, Jessie y Megan tenían contratadas trece "sucursales" para el día.

El resto del día trabajaron, pero se divirtieron. Jessie y Megan ataron un cochecito viejo a la bicicleta de Megan y luego, fueron al supermercado y se gastaron hasta el último centavo de las ganancias en latas de limonada congelada: cincuenta y dos latas. De hecho, compraron todas las que tenían en el supermercado. Las cuatro bolsas de latas llenaban el cochecito como si fuera un bebé rollizo. También compraron cinco paquetes de vasos de papel. Cuando llegaron a la casa de Megan, Jessie guardó el recibo en su caja, junto con la tarjeta con el comentario. A Jessie le gustaban los recibos. Eran completos y precisos. Un recibo contaba la historia completa, hasta el último centavo.

```
            Fincas Salisbury
        Su supermercado del barrio
            232 avda. Central
        09/01/07     11:42 a.m.

Tienda 23               Trans 246
Wkstn sis5002           Cajero KD68VW
Nombre del cajero       James
Id unidad almacén       SIAJAMES
Teléfono                800-555-1275

limonada Deliciosa
    (52 @ 1.25)                    65.00

vasos de papel Pixie
    (5 @ 2.85)                     14.25

Subtotal                          79.25
Impuesto                           0.75
Total                             80.00

Efectivo                          80.00
Cambio
    Efectivo                       0.00

Número de unidades vendidas: 57

       Compre todos los útiles escolares
         para el regreso a la escuela
             en Fincas Salisbury.
           ¡Feliz Día del Trabajo!
```

Entonces pusieron papel de colores y materiales de arte en el cochecito y empezaron a ir de casa en casa.

La primera parada fue la casa de Salley Knight. Salley ya estaba preparada con una mesa, una silla, una jarra vacía. Jessie mezcló la limonada. Megan hizo rápidamente un letrero de "Venta de limonada—75¢ el vaso" y dejaron a Salley lista para iniciar su negocio. El acuerdo era que Salley se quedaría con la tercera parte de las ganancias y Jessie y Megan obtendrían el resto.

Después de dejar organizados trece puestos de limonada, cada uno con suficiente limonada congelada para hacer cuatro jarras, Jessie y Megan se quedaron en la casa de Megan, haciendo galletas de chocolate y viendo televisión. Luego se montaron en las bicicletas y se fueron a recorrer los puestos.

Pararon primero en la casa de Salley. No se veía el puesto de limonada por ninguna parte.

—¿Qué crees que pasa? —preguntó Megan.

Jessie sintió en el estómago que algo iba mal. Tenía que haber pasado algo malo.

Tocaron el timbre. Salley abrió la puerta.

—Entren rápido —dijo, tirando de ellas por el brazo—. Mi madre se desespera cuando está encendido el aire acondicionado y la puerta está abierta.

—¿Dónde está tu puesto? —preguntó Jessie nerviosa, sintiendo que el aire acondicionado le ponía piel de gallina.

Salley hizo un gesto con la mano. —Terminado —dijo—. Lo vendí todo en media hora. ¡Hace un calor tan horrible! Hicimos veinticuatro dólares y además propinas. ¿Me puedo quedar con las propinas?

—Por supuesto —dijo Jessie. ¡Propinas! Se había olvidado de apuntarlas cuando hizo los cálculos. Salley le dio a Jessie unos billetes arrugados y una avalancha de monedas: ocho dólares para Jessie y Megan, *cada una*.

—¿Quieren un poco de helado? —preguntó Salley.

—Claro que sí —dijo Megan—. Y te hemos traído unas galletas de chocolate. Ya sabes, para

darte las gracias por ser parte de nuestro equipo.
—Esa era la Idea brillante #9.

Cuando se terminaron de comer un bol de helado, Jessie y Megan se despidieron. Todas las chicas tenían una historia parecida. La limonada se había vendido rápidamente y el dinero seguía llegando.

—No puedo creer que hayamos hecho... ¿cuánto hemos hecho? —chilló Megan cuando regresaron a la casa.

—Ciento cuatro dólares cada una. *¡Cada una!* —gritó Jessie. No podía dejar de brincar.

—Nunca he visto tanto dinero en mi vida.

Jessie estaba ya rumiando números en la cabeza. Los ochenta dólares que Megan y ella habían gastado en limonada y vasos, cada una había ganado sesenta y cuatro dólares. Si aumentaran el número de sucursales de trece a veintiséis podrían ganar cada una ciento veintiocho dólares en un día. Si tenían veintiséis sucursales cada día durante una semana podrían llegar a ganar cada una ¡ochocientos noventa y seis dólares! Jessie sacó una hoja de papel e hizo una gráfica.

¡No había límites!

Megan hizo como que se desmayaba cuando Jessie le enseñó el gráfico. —¿Qué vas a hacer con el dinero? —le preguntó tirada en el suelo.

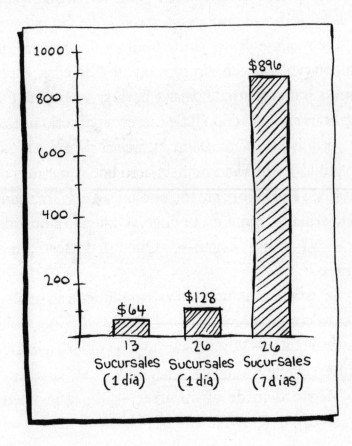

¡*Ganar la guerra!* pensó Jessie. ¡Huy! No podía decirle eso a Megan. Megan no sabía nada de la Guerra de la Limonada. Después de todo, a Megan *le gustaba* Evan.

En aquel momento, Jessie pensó, *si Megan supiera lo de la guerra, ¿a favor de quién estaría?*

De repente, Jessie sintió como si Evan fuera un halcón, volando en círculos encima de ellas, esperando el momento de bajar y llevarse a Megan. ¡Estaba tan enojada con él! Se merecía perderlo todo.

¿Son ciento cuatro dólares suficientes para ganar? se preguntó Jessie. Evan no habría podido ganar más de *eso*. Y, sin embargo… era mejor estar segura. Trabajaría todo el día siguiente, el domingo, vendiendo limonada.

—¿Y? —dijo Megan—. ¿Qué vas a hacer con el dinero?

Se estaba quitando los zapatos mientras se abanicaba con una revista.

Jessie dijo: —Voy a donar todo el dinero a la Liga de Rescate de Animales.

Megan dejó de abanicarse: —Oh, ¡qué buena

acción de tu parte! Yo también quiero donarles mi dinero. —Soltó la revista y empezó a darle su dinero a Jessie. —Toma, mándales también el mío a la Liga de Rescate de Animales. Y en la tarjeta pones nuestros dos nombres.

El dinero le llegó tan rápido que Jessie no sabía qué decir. Allí estaba. Doscientos ocho dólares. ¡Doscientos ocho dólares! Todo en sus manos.

Había ganado. Verdaderamente había ganado la Guerra de la Limonada.

—Prométeme sólo una cosa —dijo Megan—. Mañana nada de puesto de limonada. ¿De acuerdo?

—Muy bien —dijo Jessie. No necesitaba puesto de limonada el domingo si tenía doscientos ocho dólares.

Papá dice que mañana será el último día de calor —dijo Megan—. Nos vamos a pasar el día en la playa. ¿Quieres venir?

—¡Claro que sí! —dijo Jessie.

—¿Quizá Evan también quiera venir? —dijo Megan.

Jessie negó con la cabeza. —No, mañana Evan va a estar ocupado todo el día. Me dijo que tenía planes.

Megan se encogió de hombros: —Peor para él.

—Sí —dijo Jessie, pensando en todo el dinero—. Peor para él.

Capítulo 9
Negociación

negociación s. f. Método de regateo que permite llegar a un acuerdo.

Evan levantó la vista de la pista para carreras de bolas que estaba montando cuando Jessie entró a la casa. Se la veía acalorada. Se la veía sudorosa. Se la veía… feliz. Feliz de verdad. Como si hubiera sacado una A+. O como si… como si hubiera ganado una guerra.

—¿Por qué sonríes? —preguntó Evan, que sostenía una bola al inicio de la pista.

—Por nada—. Jessie se puso las manos en las caderas y se quedó mirando a Evan. Lo miraba como si fuera un *smiley* sonriente, redondo y amarillo, toda boca.

—Bueno, deja ya de mirarme, ¿oyes? Da escalofríos. Me miras como si fueras a explotar o algo. —Evan dejó caer la bola en el carril. La bola corrió por la pista, ganando velocidad en cada curva. Pasó por la noria haciendo que todas las banderas giraran hasta que rodó por la última bajada. Al llegar al final de la pista, salió volando por el aire como si fuera un hermoso pájaro plateado.

Y no llegó a la meta.

La bola cayó al suelo, en lugar de caer en el bol que era la meta.

Evan murmuró algo y ajustó la posición del recipiente.

—Levanta la punta de la pista —dijo Jessie.— Te dará más impulso.

Evan la miró enojado. En todas las diez veces anteriores la bola había caído en la meta. ¿Por qué tenía que no llegar justamente la única vez que *ella* estaba mirando? —No me digas lo que tengo que hacer —dijo—. ¿Por qué sonríes de esa manera?

—No te dije lo que debías hacer —dijo ella—. Solo te hice una sugerencia. Puedes seguirla o no.

—Se dio la vuelta para subir las escaleras. —Viejo Cascarrabias —dijo por encima del hombro.

Evan le tiró una bola a la espalda, pero no la alcanzó ni por casualidad. Bueno, en verdad, no había querido darle, sólo quería tirar algo. Llevaba cuatro días con el deseo de tirar algo.

Viejo Cascarrabias. Era el nombre de un personaje que él había inventado cuando tenía seis años y Jessie cinco. Eso era cuando Mamá y Papá peleaban a cada rato y Evan y Jessie no querían estar en la casa. Se iban al Árbol para Trepar. Evan tenía su rama y Jessie la suya y allí esperaban a que terminara la pelea. Algunas veces tenían que esperar un largo rato. Y una vez en que Jessie tenía sed y estaba impaciente y malhumorada, Evan le había dicho:

—Quédate tranquila y te contaré un cuento del Viejo Cascarrabias.

El Viejo Cascarrabias era un hombre malhumorado y desagradable, y le hacía la vida imposible a todos. Pero en el fondo quería que la gente lo quisiera. Lo que pasaba era que, cada vez que quería hacer algo bueno, le salía mal. Evan inventó

muchos cuentos en aquel árbol sobre el Sr. Cascarrabias. Pero después de que Papá se fue se acabaron los cuentos.

Nadie en el mundo, aparte de Jessie y Evan, sabía
del Viejo Cascarrabias. Y Evan no se había acordado
de él en años.

—Oye —le dijo bruscamente. Se dio cuenta que
Jessie se había parado en lo alto de la escalera, pero
no había bajado.

—¿Quieres que le pongamos fin a esto?

—¿Qué? —gritó ella.

—Esta... esta... Guerra de la Limonada —dijo
él.

—¿Que la terminemos?

—Sí —dijo él—. Que nadie gane y que nadie
pierda.

Jessie bajó las escaleras y se quedó parada con
los brazos cruzados.

Evan la miró.

La echaba de menos.

Se había pasado solo todo el día, el tercer día
antes de que empezaran las clases. Estúpido. Era

totalmente estúpido. Si Jessie hubiera estado, y no hubieran estado peleándose, podrían haber jugado al hockey de mesa, o hecho *pretzels*, o construido una carrera de bolas con el doble de pruebas para que la bola siempre llegara a la meta. Jessie era muy precisa. Sabía cómo conseguir que la bola llegara a la meta.

—¿Qué dices? —le preguntó.

Jessie lo miró confundida. —No sé... —dijo arrugando el ceño—. Es que, Megan, como que, ella...

Evan sintió que la cara se le encendía. Megan Moriarty. Cada vez que pensaba en ella se ahogaba y la garganta le picaba. Era como la reacción alérgica que tenía si comía camarones sin darse cuenta.

—¿Se lo has contado *todo* a Megan Moriarty? —le preguntó mientras sentía que el cuerpo entero le picaba.

—No. Bien... ¿qué quieres decir por "todo"? —preguntó Jessie. Evan creyó que su hermana parecía un pez atrapado en una red.

—Se lo dijiste —y de pronto Evan supo por qué Jessie había entrado sonriendo por la puerta. Y por qué no quería que la guerra acabara. Lo había hecho. Otra vez. Había encontrado la forma de demostrarle al mundo lo estúpido que era él. Como el día que él había llegado de la escuela con un 100 por ciento en la prueba semanal de ortografía, la única vez en su vida que había deletreado bien cada palabra, sólo para enterarse de que Jessie había ganado un concurso de poesía al nivel estatal. Había tirado el papel a la basura sin siquiera enseñárselo a su madre. ¿De qué valía?

Evan no sabía cómo, pero Jessie había encontrado la manera de ganar más de ciento tres dólares. Le iba a ganar. Y Megan Moriarty lo sabía todo. Y se lo iba a decir a todos los demás. Y todas las niñas lo sabrían. Paul lo sabría. Y Ryan. Y Adam y Jack.

Scott Spencer lo sabría. *¿Pueden creerlo? Su hermanita le ganó. La que va a estar en nuestra clase. ¡Es un fracaso!*

—¿Sabes qué? —le dijo empujándola para pasar.— Olvídalo. Olvídate de lo que dije. La guerra sigue. SIGUE. Prepárate para morir.

Capítulo 10
vandalismo

vandalismo s. m. El acto de destruir a propósito la propiedad del negocio de otro.

Jessie se sentía terrible. Evan estaba más furioso que nunca con ella y ella no lograba imaginarse por qué. Le había dicho: —¿Quieres que terminemos la guerra? —Y ella había dicho: —Claro, vamos a terminar la guerra. —O *algo* parecido. Era lo que ella quiso decir. Era lo que *quería* decir.

Pero, ¿qué era lo que en realidad había dicho? Había mencionado a Megan. Casi se le escapa decirle que Megan le había dado los $104. ¡Pero no lo había hecho! Había cerrado la boca a tiempo. Jessie sonrió acordándose de eso.

Entonces, ¿por qué se había portado Evan así? ¿Qué le pasaba?

Jessie se acostó en la cama. El mundo era un lugar confuso y ella necesitaba que Evan la ayudara a comprenderlo. Si el cuarto grado iba a ser así, debía darse ya por vencida.

Y había algo que le hacía nudos en el estómago. Esos doscientos ocho dólares, no eran realmente suyos. Megan se los había dado para que hiciera una donación. No se los había dado como los amigos de Evan se los habían dado a él. (Eso todavía le molestaba tanto cuando se acordaba. Oh, ¡quería vengarse de él por haber dicho que ella no tenía amigos!) Así que aunque parecía que tenía doscientos ocho dólares en su caja, sólo la mitad del dinero era verdaderamente suyo.

De todos modos... si llegaba un momento de apuro y ella los necesitaba para ganar...

Seguro que los usaría. ¡Una guerra es una guerra!

Pero si pretendía que todo el dinero era suyo...

¿Qué pasaría si Evan tenía más dinero?

Porque si perdía, aun *con* el dinero de Megan...
¡Ay!

Jessie no había pensado en eso. Si ella perdía, aun con doscientos ocho dólares. Si perdía. *Oh, no, por favor. El ganador* se *lo llevaba todo.* Evan se quedaría con todo el dinero de Megan. ¿Cómo podría explicárselo a su amiga? *Ves, tomé todo el dinero que tú habías conseguido para rescatar animales y lo perdí en una apuesta con mi hermano, quien se va a comprar un iPod.* Megan la odiaría. Todas las amigas de Megan la odiarían. Y Evan ya la odiaba. Así que no había nada que hacer. Adiós al cuarto grado.

No podía usar el dinero de Megan para tratar de ganar la apuesta. Era demasiado arriesgado. Pero, ¿tenía bastante para ganar por sí sola?

Jessie sintió que la desesperación le subía a la garganta. ¿Cuánto dinero tenía Evan? Tenía que averiguarlo.

Jessie subió de puntillas a la oficina de su madre en el ático. Escuchó a través de la puerta. Su madre estaba hablando por teléfono. Entonces bajó en silencio al primer piso a ver qué hacía Evan. Su hermano estaba viendo televisión en la sala de estar. Jessie subió como un suspiro al segundo piso. Y se deslizó hasta el cuarto de Evan.

Había una regla estricta en la familia Treski: Nadie entraba al cuarto de nadie sin una invitación expresa. Eso era el acuerdo. Quería decir que Jessie tenía que preguntar: "Evan, ¿puedo entrar a tu cuarto?" Y Evan tenía que decir: "Sí" antes de que ella pusiera un pie más allá del umbral de la puerta.

Así que, aunque la puerta del cuarto de Evan estaba abierta de par en par, el mero hecho de cruzar el umbral era una infracción que llevaba una multa de un dólar. Pero eso era lo último que le preocupaba a Jessie en ese momento.

Se acercó silenciosamente al estante de Evan y tomó una caja tallada en madera de cedro, el recuerdo que había elegido Evan durante las vacaciones familiares del verano. La madera era de un anaranjado rojizo y tenía un dibujo tallado en la tapa: un velero que cruzaba por delante de un faro y unas gaviotas que volaban. Las palabras "Bar

Harbor, Maine" estaban pintadas en el cielo. La caja tenía unas bisagras de bronce y un cierre original. Pero lo que no tenía era una cerradura.

Jessie levantó la tapa e inmediatamente sintió el olor fuerte, a especias, de la madera. No podía creer lo que veía.

Empezó a agarrar a zarpazos los billetes. Docenas de ellos. Había uno de diez y un montón de cinco y tantos de uno que no alcanzaba a contarlos. Se sentó en la cama de Evan y rápidamente ordenó el dinero.

Evan tenía ciento tres dólares y once centavos.

Ochenta y nueve centavos menos que ella.

Ochenta y nueve centavos. Podía vender un triste vaso de limonada mañana y ganarle. Pero ella no podría hacer nada porque estaría en la playa.

No puedo dejar que gane, pensó. *No puedo*. Había llegado al punto en que ya ni siquiera se acordaba cómo había empezado la guerra. No se acordaba por qué era tan importante ganar. Sólo sabía que tenía que ganar.

Devolvió el dinero y lo metió de nuevo en la caja.

Esa noche, en la cama, no podía dormirse pensando en algún modo de conseguir que Evan no vendiera ni siquiera un vaso.

A veces, en la oscuridad aparecen pensamientos oscuros.

Jessie tuvo un pensamiento oscuro.

A la mañana siguiente era domingo y había una regla en la casa de los Treski: los domingos se podía dormir tanto como se quisiera. Pero Jessie se despertó cuando oyó abrirse la puerta eléctrica del garaje. Se sentó en la cama y miró el reloj: las 8:00. Luego se asomó por la ventana para ver a Evan pedaleando en su bicicleta con la mochila a la espalda. Se vistió rápidamente y bajó a la cocina.

Su madre estaba haciendo un revoltillo de huevos y pan tostado. —Hola, Jessie. ¿Quieres? —le preguntó, señalando con la espátula los huevos revueltos que chisporroteaban en la sartén.

—No, gracias —dijo Jessie.

—Te lavé el traje de baño azul anoche. Está

colgado en el sótano. ¿A qué hora te van a recoger los Moriarty?

—A las nueve —dijo Jessie. —Mami, ¿adónde fue Evan?

—Fue a la tienda a comprar limonada congelada. —La madre de Jessie sirvió el revoltillo de huevos en un plato y puso la sartén en el fregadero. Cuando abrió la llave de agua, la sartén siseó como si fuera una serpiente. Una nube de vapor se elevó en el aire y desapareció. —¿Qué pasa, Jessie? Todos los puestos de limonada y las peleas entre tú y Evan, ¿por qué?

Jessie abrió la alacena y sacó una caja de Kix. —No es nada —dijo. Observaba fijamente el cereal mientras se lo servía. No quería mirar a su madre.

La Sra. Treski sacó la leche del refrigerador y la puso en el mostrador junto al bol de Jessie. —No me parece que sea nada. Me parece que hay demasiados sentimientos negativos entre ustedes dos.

Jessie se sirvió la leche lentamente. —Evan está enojado conmigo—. *Y va a estar mucho más enojado todavía después de hoy,* añadió mentalmente.

—¿Por qué está enojado? —preguntó la Sra. Treski.

—No sé. Me llamó una bebita y dijo que yo lo echo todo a perder. Y... —Jessie lo sintió venir. Quería evitarlo, pero sabía que venía. Se le contrajeron los hombros, se le hundió el pecho y de su boca salió un grito. —¡Me dijo que me odia! —Le empezaron a salir lágrimas de los ojos y caían en el bol de cereal. La nariz le empezó a chorrear y los labios le temblaban. Con cada sollozo dejaba salir un chirrido como el de las ruedas que patinan en el pavimento mojado.

Durante todo el tiempo que estuvo llorando, su madre la había abrazado. Y luego, como cuando se cierra una llave, Jessie dejó de llorar.

Había dicho la verdad: realmente no comprendía por qué Evan estaba tan enojado. Aun antes de empezar la Guerra de la Limonada, Evan había estado enojado y Jessie todavía no sabía por qué.

—¿Mejor? —preguntó la Sra. Treski.

—No mucho —dijo Jessie. Se limpió la nariz con una servilleta de papel y empezó a comer el cereal.

Estaba pastoso, pero afortunadamente no sabía salado.

—¿No crees que valdría la pena averiguar por qué está enojado? —preguntó la Sra. Treski.— Nunca van a dejar de pelear hasta que los dos comprendan lo que la otra persona está sientiendo.

—Tienes razón —dijo Jessie.

—Puede ser difícil. A veces es difícil saber lo que uno mismo siente. Es decir, ¿cómo te sientes tú hacia *él*? —preguntó la Sra. Treski.

Jessie no tuvo que pensarlo mucho. Todos los insultos y la rabia, la confusión y las peleas parecían juntarse en un solo sentimiento de cólera. —¡Lo odio! Lo odio por decir todas esas cosas terribles. Y por no dejarme jugar con él. Lo odio tanto como él me odia a mí. ¡Aun más!

La Sra. Treski se entristeció. —¿Podemos sentarnos los tres a conversar sobre esto esta noche? ¿Después que regreses de la playa?

—No —dijo Jessie, recordando el juramento que había sellado con un escupitajo. Evan se enojaría muchísimo si se enteraba de que ella había preocupado a Mamá con su pelea. Y además, por poco confiesa la cosa tan terrible que iba a hacer. Jessie no quería que su madre supiera nada de eso.

—Ya lo arreglaremos entre nosotros, Mamá. Te lo prometo. Evan y yo hablaremos esta noche.

—Lamento haber estado trabajando tanto —dijo la Sra. Treski. —Sé que es una lástima terminar el verano así.

—Está bien, Mamá. Tienes que trabajar, ¿verdad?

—Sí. No. No sé. Te prometo que habré terminado para la hora de la cena. Así podremos ir todos juntos a ver los fuegos artificiales esta noche. —La madre de Jessie miró por la ventana. —Espero que no los cancelen a causa del tiempo. Dicen que habrá algunas tormentas al atardecer.

Jessie y su madre terminaron el desayuno sin decir mucho más.

—Yo fregaré —dijo Jessie. Le gustaba fregar y quería hacer algo que agradara a su madre.

Mientras fregaba, pensó en el plan terrible que había ideado la noche anterior. Era cruel. De veras cruel. Era la cosa más cruel que se le hubiera ocurrido hacer nunca.

No voy a hacerlo, decidió. *Lo odio, pero no lo odio tanto.*

Estaba guardando los últimos platos que estaban en el lavaplatos cuando entró Evan. Su mochila se veía bien abultada.

—Pensé que te ibas a la playa por todo el día —dijo.

—Megan me va a recoger en media hora. —Le pareció que Evan se ponía rígido. *Bien.* —¿Qué tienes en la mochila?

—No mucho —dijo él, soltando el contenido sobre la mesa de la cocina. Un montón de latas de limonada congelada rodaron por todas partes. Jessie trató de contarlas, pero eran demasiadas. ¿Quince? ¿Veinte?

—¡Oh, no! ¿Cuántas compraste?

—Treinta y dos. —Evan empezó a formar una pirámide con las latas.

—Pero, pero, no necesitas tanto. Aun para ganar. No necesitas tanto. Son, son... —hizo el cálculo mentalmente—. Son doscientas cincuenta y seis vasos de limonada. Si los vendes a cincuenta centavos cada uno…

—Un dólar. Voy a cobrar un dólar por cada uno.

Jessie sintió que le explotaba la cabeza. —No vas a poder venderlos todos —dijo—. No hay un barrio en toda la ciudad donde puedas vender doscientos cincuenta y seis vasos en un día. —*Demasiada limonada. No suficiente gente sedienta,* pensó.

—¡Voy a rodar! ¡Como el camión de los helados! Voy a mezclarla toda en la nevera portátil grande, ponerla en mi vagón y llevarla de calle en calle. Hoy va a hacer noventa y cuatro grados. Quizá me tome todo el día, pero voy a vender hasta la última gota. *¡Doscientos cincuenta y seis dólares!* Y esta noche, Jugosita, contaremos las ganancias. No te olvides. ¡El ganador se queda con todo!

—¡Pero no necesitas doscientos cincuenta y seis dólares para ganar! —gritó ella.

Evan se irguió y dijo con esa voz profunda que todos los chicos imitaban: —No juego para ganar. Juego para *pul-ve-ri-zar.*

¡Oh! ¡Qué idiota! Jessie no podía creer que su hermano pudiera ser tan estúpido. Observó a Evan preparando su puesto de limonada sobre ruedas. La Sra. Treski había comprado la nevera portátil grande hacía unos años cuando se encargaba de los refrescos para la fiesta de primavera de la escuela. Parecía como un gran tambor con una tapa sujeta por tornillos y una llave en la parte de abajo. Evan la colocó en su vagón, luego echó el contenido de las treinta y dos latas. Usó la manguera del jardín para llenar la nevera de agua y luego echó tres cubetas de hielo. Con una pala plástica, como las que se llevan a la playa, mezcló la limonada. Los cubos de hielo sonaban al dar vueltas dentro del gran tambor. Usando la pala, como si fuera una cuchara, Evan sacó un poco de la limonada y la probó. —¡Perfecto! —dijo, y aseguró la tapa con los tornillos. Y se fue al garaje a preparar su letrero para el Puesto de Limonada Rodante.

Sin dudarlo por un momento, Jessie se puso en acción.

Primero buscó, en un cajón de la cocina, una bolsa plástica Ziploc grande, de las que permiten congelar un galón de fresas si uno quiere. La colocó abierta, boca abajo, sobre el frutero. Le dio un buen golpe al frutero. Jessie se sorprendió al ver lo fácil que era atrapar las moscas que salieron del frutero. ¡Era como si quisieran morir!

Llenó esa bolsa y dos más con moscas. Y se fue al garaje. Desatornilló la tapa de la nevera. Colocando la primera bolsa boca abajo, la abrió, esperando que las moscas cayeran en la limonada. Pero no fue así. Se quedaron sanas y salvas en la bolsa. ¡Era como si quisieran vivir!

—Peor para ustedes, moscas estúpidas —dijo Jessie mientras metía la bolsa en la limonada. Una vez sumergida le dio vuelta a la bolsa y la movió de un lado a otro hasta que todas las moscas estaban en la limonada. Vació las tres bolsas de moscas en la nevera, luego buscó dos gusanos verdes y una oruga de polilla peluda. Los tiró también en la nevera. Luego echó un puñado de tierra, por si acaso. Ya iba a atornillar la tapa cuando oyó que Evan estaba subiendo del sótano. ¡No tenía tiempo de atornillar la tapa! ¡Evan vería los insectos y el plan se arruinaría por completo!

Jessie corrió a la escalera y gritó: —Evan, Mamá quiere verte en su oficina. ¡Ahora mismo!

—Qué fastidio —murmuró Evan mientras empezaba a subir las escaleras.

Jessie atornilló la tapa, agarró su traje de baño del sótano y subió a su cuarto. Por el camino, se cruzó con Evan que bajaba.

—Mamá no me estaba llamando —dijo molesto.

Jessie se hizo la sorprendida. —Creí que te llamaba. Gritó algo. Pensé que decía "Llama a Evan". —Jessie se encogió de hombros—. Por eso te llamé.

Desde la ventana de su cuarto observó a Evan que iba por la calle tirando de su Puesto de Limonada Rodante. Parecía uno de esos vendedores ambulantes de antes mientras caminaba pregonando: "¡Limonada! Compren aquí su limonada helada". Por un instante, Jessie sintió una punzada de remordimiento. Veía el esfuerzo que tenía que hacer Evan para arrastrar la pesada nevera. Ella sabía lo que es estar de pie en el sol vendiendo limonada. Pero el sentimiento desapareció cuando sintió un huracán de cólera al recordar la voz profunda de Evan diciendo: *"pul-ve-ri-zar"*.

Jessie se puso el traje de baño, metió todo lo necesario en su bolsa de playa y se despidió rápidamente de su madre cuando vio llegar a los Moriarty.

—Que lo pases muy bien en la playa —dijo su madre—. Diviértete. Y regresa a tiempo para ver los fuegos artificiales, ¿de acuerdo?

Los fuegos artificiales. Sí. Jessie se imaginaba que habría fuegos artificiales esta noche.

Capítulo 11
Pérdida total

pérdida total s. f. Mercancía tan dañada que no merece ser reparada (o no puede ser reparada en absoluto).

El primer vaso fue una venta fácil.

El segundo vaso, también.

Fue en el tercer vaso que una niñita, de aproximadamente seis años, dijo: —Ufff, hay un bicho en mi limonada.

Luego su hermano dijo: —En la mía también.

—¡Qué asco! —dijo un chico mayor en una patineta—. En la mía hay como tres. Devuélveme mi dinero —dijo, vertiendo la limonada en la tierra.

La madre de la niñita y el niño miraron los vasos

de sus hijos. —Creo que necesitas revisar tu limonada, cariño —le dijo a Evan.

Evan desatornilló la tapa y todos miraron adentro. En la limonada flotaban insectos muertos: moscas, gusanos y una oruga empapada.

—¡Ay, qué horror! —dijo la madre.

El niño empezó a escupir en el suelo como si se fuera a morir. La niña empezó a llorar: ¡Mami! ¡Me tragué los bichos! ¡Tengo bichos en la barriga!

Evan no podía creer lo que veía. ¿Cómo había podido ocurrir esto? ¿Como se habían metido? No era posible. Él había atornillado la tapa firmemente. Estaba seguro. Y de todos modos… uno o dos bichitos pudieran haberse metido, quizá. Pero, ¿cincuenta moscas y dos gusanos y una oruga? No, no era posible.

Evan se moría de vergüenza mientras todos lo miraban a él y su limonada llena de bichos. A toda prisa empezó a sacar los insectos muertos con la mano.

—No, cariño —dijo la madre.— No puedes vender esta limonada.

—Voy a sacarlos todos —dijo Evan. —Sacaré hasta el último.

—No, cariño. No puedes. Tienes que tirarla toda —dijo ella.

Evan la miró como si estuviera loca. ¿Tirarla? ¿*Tirarla*? Había invertido cuarenta dólares del dinero que tanto le había costado ganar en esta limonada y otro dólar en los vasos de papel. No iba a tirarla toda.

—Lo haré en mi casa —dijo él.

—No. Creo que debes tirarla aquí. Necesito ver que la tiras correctamente.

Evan la miró. No la conocía, pero sabía el tipo de persona que era. Vaya si lo sabía. Era el tipo de madre que se cree la madre de todo el mundo. Si estabas en el parque de juegos y ella pensaba que estabas jugando agresivamente, te lo diría. Si estabas mascando chicle en la cola del 7-Eleven, te diría: "Espero que sea chicle sin azúcar". Madres como estas no sólo se ocupan de sus asuntos. O los que de sus hijos. Sino también creen que es su deber preocuparse de todos los chicos de la vecindad.

—Pesa demasiado para poder tirarla —dijo él—. Iré a mi casa y mi madre me ayudará.

—Yo te ayudaré —dijo la madre más méteme en todo del mundo. —Solo hay que inclinarla un poco—. Y tomó una de las asas de la nevera. A Evan no le quedó más remedio que tomar la otra. Entre los dos inclinaron la nevera y la limonada empezó a derramarse por la parte de arriba de la nevera.

Derramaron y derramaron y derramaron. La limonada brillaba bajo la luz del sol, como una catarata de joyas y luego desaparecía sin dejar rastro, empapando la hierba seca de septiembre. Cuando la última gota de limonada que quedaba salió de la nevera, una mancha de fango cubrió la acera.

—¡Ay, qué horror! —dijo la madre.

Evan no podía creerlo. No podía creer qué rápidamente su victoria se había vuelto derrota. Era como la limonada que había desaparecido en la hierba sin dejar nada detrás. Una pérdida total.

La madre le sonrió con pena cuando le Evan devolvió los dos dólares. El chico de la patineta ya se había ido con su devolución. No había nada más que hacer sino regresar a casa.

Evan caminó despacio, tirando del vagón en el que traqueteaba la nevera vacía.

A cada paso, el asa del vagón le golpeaba. Paso. Golpe. Paso. Golpe. Sentía como si alguien lo estuviera espoleando para que avanzara.

—*Evan, Mamá quiere verte en su oficina. ¡Ahora mismo!*

Algo no estaba claro. Él estaba subiendo las escaleras. Jessie había estado en el garaje. Se la veía ansiosa. *¡Ahora mismo!* había dicho.

Evan se detuvo. Miró a la nevera vacía. Empezó a correr. El vagón saltaba como un loco en la acera desigual. Dos veces se volteó. *¿Qué más da?* pensó Evan con rabia. *No queda limonada que pueda derramarse.*

Cuando llegó a la casa ya lo tenía todo pensado. Miró en el basurero de la cocina y encontró las tres bolsas de Ziploc vueltas del revés y pegajosas de limonada. Golpeó el frutero y se dio cuenta de cuán pocas moscas volaban. Si hubiera tenido el equipo necesario, habría examinado las huellas digitales en la nevera. Pero no hacía falta. Sabía que había descubierto la verdad: todo había sido obra de Jessie.

—Esa RATA. ¡Esa rata podrida y apestosa que es mi hermana! Regresó al garaje y le dio una patada al vagón. Tiró la nevera al suelo. Rompió el letrero del Puesto de Limonada Rodante en doce pedazos.

Iba a perder. Ella tenía cien dólares (estaba seguro de eso) y a él sólo le quedaban sesenta y dos. Esta noche, antes de los fuegos artificiales, cuando contaran el dinero, ella sería la ganadora y él, el perdedor.

El ganador se queda con todo.

El perdedor lo pierde todo.

Era tan injusto.

Evan subió a su cuarto pisando fuerte. Dio tal portazo que la puerta rebotó y se abrió otra vez. Cuando fue a cerrarla se quedó mirando al otro lado del pasillo, directamente al cuarto de Jessie. Podía ver su cama, tendida con cuidado, llena de cojines, el afiche de Bar Harbor que había traído del viaje que habían hecho este verano a Maine y su mesita de noche con *Las telarañas de Carlota*.

Evan cruzó el pasillo y se detuvo frente a la puerta de Jessie. Había una regla de no entrar. Bueno, *ella* había roto las reglas primero. (Aunque no había en realidad una regla sobre moscas y limonada, era desde luego un truco sucio). Evan entró y se dirigió al cajón en el escritorio de Jessie.

Allí estaba el falso paquete de chicle. Adentro, la llave. ¿Ella creía de verdad que él no sabía dónde la escondía? Una vez cuando iba al baño, la había visto esconder la llave. Jessie era inteligente, pero no era muy avispada. Él sabía desde hace meses dónde escondía la llave. Sólo que no se había molestado en usarla.

Hasta ahora.

Le tardó un rato encontrar la caja de metal. Primero, la buscó en los cajones de la cómoda y luego, debajo de la cama. Pero por fin la encontró escondida en el clóset. Una prueba más de que no era nada avispada.

Evan se llevó la caja y la llave a su cuarto y se

sentó en la cama. Metió la llave en la cerradura y abrió la tapa. Entonces, en el momento de la verdad, levantó la bandeja de plástico para las monedas.

Había un montón de trozos de papel encima y una tarjeta doblada. Evan puso todo a un lado. Después encontró un billete de diez dólares sujeto a una tarjeta de cumpleaños. Debajo había un sobre que decía "Ganancias antes de empezar la guerra" con cuatro dólares y cuarenta y dos centavos adentro. Era el dinero que Jessie tenía antes de que empezara la Guerra de la Limonada. Lo mantenía separado, como lo había prometido. Junto a ese sobre había un sobre grueso que decía "Ganancias de la limonada". Evan lo abrió.

Adentro los billetes estaban ordenados en grupos de uno, de cinco, de diez. Todos los billetes estaban ordenados en la misma dirección de modo que los ojos de George Washington, Abraham Lincoln y Alexander Hamilton miraban todos a Evan mientras contaba el dinero.

Doscientos ocho dólares.

Allí estaba. La cantidad ganadora. El monto.

Evan pensó en lo duro que había trabajado toda la semana, bajo el sol cegador, aguantando un calor abrasador. Recordó la limonada derramada sobre la hierba. Pensó en darle sus sesenta y dos dólares con once centavos a Jessie y cómo ella sonreiría y se reiría y cómo se lo contaría a todos. Les contaría que ella había ganado la Guerra de la Limonada. Los chicos moverían la cabeza de un lado al otro pensando: "Qué perdedor". Megan le daría la espalda pensando: "Qué estúpido".

Evan cerró la caja con fuerza. Se metió el sobre en el bolsillo de los pantalones cortos. ¡No iba a permitirlo!

No pensaba quedarse con el dinero. No para siempre. Pero tampoco iba a permitir que ella lo tuviera esta noche. Cuando llegara el momento de mostrar las ganancias, él tendría sesenta y dos dólares con once centavos y ella no tendría *nada*. Le devolvería el dinero mañana, o quizá al día siguiente, pero no *esta noche*.

De repente sintió la necesidad de salir corriendo de la casa a toda prisa. Puso la caja de nuevo en el clóset de Jessie y la llave en la caja falsa de chicles.

—Mamá —gritó, sin esperar que le contestara— voy a la escuela, a ver si hay un partido. ¿Está bien?

Capítulo 12
Período de espera

período de espera s. m. Una demora especificada, requerida por la ley, entre tomar una acción y ver los resultados de la acción.

Jessie quería divertirse. De veras quería. Pero parecía que mientras más lo intentaba, menos lo conseguía.

Primero, el viaje hasta la playa tardó dos horas y media por el mucho tráfico. Jessie sentía que el carro avanzaba a trompicones. Avanzar, parar. Avanzar, parar.

—Recordatorio para mí mismo —dijo el Sr. Moriarty—. Nunca vayas a la playa el domingo del fin de semana del Día del Trabajo. Sobre todo después de una ola de calor que dura por más de una semana.

En el asiento de atrás, Jessie y Megan jugaban al juego de las placas de carros, bingo magnético y a las veinte preguntas, pero cuando por fin llegaron, Jessie estaba molesta y aburrida.

Encontraron que el estacionamiento en la playa estaba completo, así que tuvieron que estacionarse media milla más allá de la playa y caminar. Luego, había tanta gente que apenas pudieron encontrar un sitio para extender su manta. Luego, Megan dijo que el agua estaba tan fría que solo quería entrar hasta los tobillos. Chillaba y salía corriendo cada vez que se le acercaba una ola pequeñita.

¿Era eso divertido? ¡Por supuesto que el agua estaba fría! Era la costa norte. Se suponía que estuviera fría. Por eso se sentía tan agradable en un día de tanto calor. Cuando Jessie iba a la playa con Evan, se deslizaban con una tabla de surf, o hacían surf con el cuerpo, balanceándose sobre las tablas pequeñas en la orilla, o se tiraban el uno al otro una pelota. Les encantaba quedarse en el agua hasta que los labios se les ponían morados y no podían dejar de temblar. Entonces se enrollaban en las toallas, como si fueran perros calientes, y se asaban al sol hasta que volvía a entrar el calor y sudaban; y entonces volvían a meterse en el agua. *Eso* sí que era divertirse en la playa.

A Megan le gustaba construir castillos de arena y buscar conchas y jugar al tenis en la arena y leer revistas. *Todo eso está bien*, pensó Jessie. *¿Pero no meterse en el agua? Eso es de locos.*

Hacía calor durante el viaje de regreso y a Jessie le picaba la piel. Tenía arena en todas partes: entre los dedos de los pies, detrás de las orejas, y en las piernas. Y se había quemado la espalda, a pesar de que la Sra. Moriarty le había puesto dos veces una crema protectora gruesa y pegajosa por todo el cuerpo. Jessie no tenía paciencia ni para diez preguntas, mucho menos para veinte.

Pero Megan no se daba cuenta de que Jessie no tenía ganas de hablar. Seguía insistiendo en que tomara una prueba en una revista para jovencitas. Si Evan hubiera estado allí, se hubiera quedado callado.

O quizá hubiera tarareado un poquito. A Jessie le gustaba oír a Evan tararear una canción.

Cuando doblaron en la calle Damon, Megan le preguntó: —¿Te sientes mal?

Así era. Durante la última media hora, Jessie se había imaginado que entraba por la puerta y se encontraba con Evan. Y con cada milla que la acercaba a la casa se sentía peor.

Capítulo 13
Control de una crisis

control de una crisis s. m. Métodos y procedimientos especiales o extraordinarios que se usan cuando un negocio está en peligro de fracasar.

—¡Estúpido!

—Hombre. Te comió vivo.

—¡Un niño de *pre*-escolar!

Por tercera vez esa tarde, Scott Spencer le había caído sobre las espaldas a Evan, regateando a su alrededor y luego encestando las más fáciles. Así que todos le estaban pinchando, hasta los de su propio equipo. Eran Evan, Paul y Ryan contra Kevin Toomey, Malik Lewis y Scott. Evan no quería nada que ver con Scott, pero allí estaba, y les hacía falta un sexto jugador para jugar tres contra tres puesto que Jack se había ido a preguntarle a su madre si todos podían ir a su casa para nadar. ¿Qué podía decir Evan?

De todos modos, Evan jugaba tres veces mejor que Scott y todos lo sabían. Así que trataba de divertirse.

Pero Evan no se estaba divirtiendo mucho.

—Hombre, ¿qué te pasa? —le preguntó Paul.

Evan regateó el balón en una dirección y en otra, con la mano izquierda, con la derecha y luego, entre las piernas. —Hace calor —dijo.

—Sí, todos tenemos calor —dijo Paul—. A ver si juegas, oye.

Pero Evan no podía coordinar sus movimientos. Estaba lento, con medio paso de retraso. Y cada vez que se movía, el sobre le golpeaba el muslo, como si estuviera riñéndole.

—Hablando de calor —dijo Ryan. Todos se dieron la vuelta para ver. Jack venía por el camino corriendo como un perro moribundo.

—¡Ay, Dios mío, por favor! —dijo Paul—. Que diga que sí.

Tan pronto como estaba bastante cerca para que lo oyeran, Jack gritó: —Dijo que sí.

—¿Qué pasa? —preguntó Scott.

—Jack le preguntó a su madre si podíamos ir todos a nadar a su piscina —dijo Kevin.

—Oye, Jack —gritó Scott—. ¿Puedo ir yo también?

—Sí, claro —dijo Jack, que había dejado de correr hacia ellos y los estaba esperando.

Vaya, pensó Evan. Pero no iba a dejar de darse un chapuzón en una piscina sólo porque Scott Spencer estuviera allí.

Nadie quería ir a su casa para buscar trajes de baño y toallas. Kevin, Malik y Ryan llevaban puestos pantalones cortos de básquetbol, así que podían nadar sin tener que cambiarse. —Tenemos muchos trajes de baño en casa —dijo Jack.— Mi madre siempre guarda los viejos.

Al llegar, Evan se puso uno de los trajes de baño de Jack. Enrolló su ropa interior y su camisa dentro de sus pantalones cortos y puso el montón de ropa en el pie de la cama de Jack, junto a la ropa de todos los otros chicos. Se sintió a gusto quitándose los pesados pantalones cortos con el sobre en el bolsillo. Después, para mayor seguridad, puso sus zapatos sobre el montón de ropa. No quería que fuera a pasarle nada a ese dinero.

Jugaron al básquetbol en la piscina toda la tarde, a pesar de que los equipos eran desiguales. La Sra. Bagdasarian les trajo refrescos y galletitas, cosas para picar y rodajas de melón. Cada vez que alguien entraba a la casa para usar el baño, les gritaba: —Sécate bien antes de entrar—pero lo decía de una forma cariñosa.

Entonces, cuando parecía que la tarde no pudiera ir mejor, ocurrió algo perfecto. Scott entró a la casa para ir al baño. Pocos minutos después salió ya vestido. El pelo mojado le chorreaba por la espalda.

—Me tengo que ir —dijo mientras se ponía las zapatillas de tenis.

—¿Ha llamado tu madre? —preguntó Ryan.

—No. Es que me tengo que ir —dijo. —Nos vemos—. Y salió corriendo por la verja.

—Estupendo —gritó Evan. —Ahora los equipos están parejos—. Y siguieron jugando básquetbol en la piscina. Y Evan no volvió a acordarse de Scott Spencer durante todo el resto de la tarde.

No volvió a pensar en Scott Spencer hasta que entró al cuarto de Jack para cambiarse y vio que sus zapatos estaban en el suelo y sus pantalones cortos ya no estaban doblados.

Capítulo 14
Reconciliación

reconciliación s. f. Acto de volver a unirse
después de una diferencia, como cuando se
logra hacer coincidir las cifras en el saldo
de una cuenta; resolución.

—Vengan, los dos —llamó la Sra. Treski desde la
escalera—. Si no vamos ahora mismo no habrá lugar en el césped.

—Ya vamos —gritó Evan, sacando la cabeza de
su cuarto. Jessie estaba sentada en su cama y él estaba tratando de convencerla de que fueran a ver los
fuegos artificiales. Ella tenía la caja en las piernas y
una mirada terca en la cara.

—Solo tienes que decir que es un empate —dijo
Evan—. Anda, Jess. Todo esto ha sido una estupidez
y tú lo sabes.

—Solo es un empate si hay un empate —dijo Jessie, sabiendo que sonaba pesada, pero sin poder contenerse. —¿Cuánto tienes?

—Mamá nos está esperando —dijo Evan—. Deja tu estúpida caja y vamos a ver los fuegos artificiales.

—¿Cuánto tienes?

Evan tensó los dedos como si estuviera estrangulando a un fantasma invisible. —¡Nada! ¿Lo ves? No tengo nada. Mira. —Y se volteó hacia fuera los bolsillos.

Jessie lo miraba escéptica. —No puede ser que no tengas *nada*. Tienes que haber conseguido *algo*.

—Bueno, tuve gastos. Así que terminé sin nada. ¿De acuerdo? ¿Estás contenta? Tú ganas. —Evan se sentó en el borde de la cama, mirando al suelo.

Jessie sintió que se le paraba el corazón. —¿Gastaste *todo* tu dinero en limonada congelada para tu Puesto de Limonada Rodante? —preguntó Jessie.

Evan asintió. Jessie quería meterse debajo de la cama y no salir nunca. —¿No te dio buen resultado? —susurró.

—Había algunos problemas en el sistema —dijo Evan.

A Jessie le hubiera hecho gracia esa respuesta, pensó. Antes de la guerra. Ahora sólo importaban el dinero y los números y los malos sentimientos. No había lugar para la risa.

—Oh —dijo Jessie, con una voz como la de una hormiga. Miró la caja que tenía en el regazo—. Yo tengo…

Abrió la caja, sacó la bandeja para las monedas y puso los papeles que había coleccionado y la tarjeta con el comentario de Megan al lado. Se quedó mirando —¿Qué es esto? Este no es mi dinero. —Agarró un montón de los billetes arrugados. Evan se echó en la cama y se cubrió la cabeza con la almohada mientras Jessie contaba rápidamente el dinero. —¿Sesenta y dos dólares con once centavos? ¿De dónde sale esto?

—Gramamuma —dijo Evan desde debajo de la almohada.

—¿Qué? —dijo Jessie—. Quítate esa almohada de la cara. No puedo entender lo que dices. —Y para dar más fuerza a sus palabras le dio una palmada en la pierna.

—¡Es mi dinero! —gritó él. —Tenía ciento tres dólares, pero gasté cuarenta y uno en el Puesto de Limonada Rodante. Así que sólo quedan sesenta y dos.

—¿Tu dinero? Pero, ¿dónde está mi dinero?

Evan se quitó la almohada de la cara. Tenía los ojos cerrados. Su nariz apuntaba al techo. Cruzó los brazos sobre el pecho, como un hombre muerto. —Yo lo tomé.

—Bueno, devuélvelo —dijo Jessie. Esta vez le golpeó la pierna con fuerza.

—No puedo. Ha desaparecido. —Ahora parecía un cadáver que llevara tres días muerto.

—¿Desaparecido? ¿Cómo? —Jessie chillaba. Nunca en su vida había trabajado tanto para ganar dinero. Nunca en su vida había tenido cien dólares en la mano. Nunca en su vida había tenido una amiga que confiara en ella como lo hacía Megan.

—No lo sé. Estaba en el bolsillo de mis pantalones cortos mientras jugaba al básquetbol con los chicos. Y luego fuimos a la casa de Jack para nadar.

Y me quité los pantalones cortos y me puse un traje de baño que me prestaron. Y cuando regresé a cambiarme el dinero había desaparecido. —Se sentó en la cama y miró a su hermana. —Lo siento *muchísimo*.

En una guerra se pelea con manos y armas. Se pelea con todo lo que se tiene porque es asunto de vida o muerte. Jessie sintió la pérdida del dinero ganado con tanto esfuerzo como una muerte y se lanzó contra Evan con toda la fuerza de su cuerpo. Lo golpeó. Lo pateó. Le tiró la caja de metal. Quería hacerle pedazos.

Evan no trató de contenerla, aunque le hubiera sido fácil hacerlo. Por una parte, quería quedarse tendido en la cama y soportar todo lo que ella le hiciera. Por haber sido el que lo empezó todo diciendo: "Te odio". Por hacer que ella se sintiera tan mal. Por haber tomado su dinero y haber dejado que Scott se lo robara. Por ser tan estúpido.

Pero por otra parte, Jessie estaba golpeándolo con tanta fuerza que si no se protegía, por lo menos un poco, terminaría en la sala de emergencias y eso le disgustaría mucho a su madre. Así que se cubría la cara con las manos, apenas lo suficiente para que no le sacara los ojos. Pero en ningún momento trató de pegarle. Ya no quería más peleas.

Por fin Jessie se cansó. Se tiró en la cama y trató de pensar. Tenía el cuerpo tan cansado que su cerebro parecía ser la única parte que *podría* funcionar.

—¿Uno de tus amigos se robó mi dinero? —preguntó.

—Pienso que fue Scott Spencer —dijo Evan.— Él subió para ir al baño. Y luego bajó corriendo y dijo que tenía que irse. Luego, yo subí y mi dinero había desaparecido.

—Es un estúpido —dijo Jessie.

—El peor —dijo Evan—. Si se compra un Xbox, sabré que fue él.

—Era un montón de dinero —dijo Jessie sintiendo que los ojos se le llenaban de lágrimas y las lágrimas empezaban a rodarle por la cara.

—*Lo era* —dijo Evan—. No podía creer cuánto tenías cuando lo descubrí. De veras eres increíble, ¿sabes? Ganar tanto dinero vendiendo limonada.

Gracias, pensó Jessie aunque no pudo pronunciar la palabra. —¿Por qué lo hiciste, Evan? —preguntó. Ella quería decir: *¿Por qué tomaste el dinero? Y, ¿por qué fuiste tan cruel? Y, ¿por qué empezaste esta guerra?* Eran demasiadas preguntas.

—Estaba enojado contigo por haber echado insectos en la limonada —dijo.

—Yo estaba enojada contigo porque dijiste que querías pulverizarme —dijo ella.

—Sólo lo hice porque andabas con Megan y yo me sentía como si me hubieran abandonado.

—Y ¿cómo crees que me sentía yo cuando no me dejaste estar contigo y ese estúpido de Scott Spencer?

—Bueno, yo estaba enojado contigo porque... porque...

Jessie se levantó y miró a Evan. Evan miró la pared.

—Porque no quería que estuvieras en mi clase este año —dijo.

—Porque te avergonzarás de mí —dijo ella solemnemente.

—Porque me avergonzaré de *mí mismo* —dijo Evan.— Nunca sé la respuesta correcta en matemáticas. Y leo más lento que nadie cuando hay que leer en voz alta. Y hago errores. Todo el tiempo. Y ahora va a ser peor contigo en la clase. Todos dirán: "Es más tonto que su hermanita". Evan dejó caer los hombros y la cabeza.

—No eres tonto —dijo Jessie.

—Yo sé que tú no *piensas* que yo lo sea —dijo él—. Y eso también me fastidia. Que vas a *ver* lo tonto que soy en la escuela.

—No eres tonto —repitió Jessie—. Hiciste ciento tres dólares y once centavos vendiendo limonada en solo cinco días.

—Sí, pero ¡tú hiciste doscientos ocho dólares! ¿Ves? Tú eres mi hermanita y eres dos veces más lista que yo.

Jessie negó con la cabeza. —La mitad de ese dinero es de Megan. Ella me lo dio para que lo donara a la Liga de Rescate de Animales. Yo sólo gané ciento cuatro dólares.

Evan se irguió. —¿De veras? —Jessie asintió—. ¿Así que ganaste ciento cuatro y yo ciento tres?

—Y once centavos —dijo Jessie.

—¿Así que empatamos de verdad? —dijo Evan.

—No —dijo Jessie. —Yo gané. Por ochenta y nueve centavos.

—Pero, vamos —dijo Evan—. Después de todo es *prácticamente* un empate.

—No —dijo Jessie—. Quedamos muy cerca. Pero la verdad es que yo gané.

—Increíble. Casi un empate —dijo Evan.

Jessie decidió que no valía la pena discutirlo. Por primera vez en cuatro días no le importaba quién tenía más o menos. Además, estaba esperando a ver cuánto tiempo le iba a tomar a Evan darse cuenta.

No mucho.

—¡Vaya mugre! —dijo súbitamente—. ¿He

perdido también el dinero de Megan? ¿Ciento cuatro dólares suyos? ¡Recórcholis! —Se tiró de vuelta en la cama y se cubrió la cara con ambos brazos. Ninguno de los dos dijo nada por un rato. Por fin Jessie rompió el silencio.

—Lo siento mucho por haber puesto las moscas en tu limonada.

—Gracias —dijo Evan—. Lo siento por haber tomado tu dinero y el de Megan.

—No debiéramos haber hecho nada de esto —dijo Jessie, indicando con la mano el dinero que estaba en la cama. —Arruinamos el fin del verano.

—Sí, todo el verano fue un desastre —dijo Evan.

—No *todo* el verano. Sólo los últimos cinco días. ¿Recuerdas que fuimos a Bar Harbor? ¿Y que nadamos en el lago? —Jessie no podía soportar que Evan pensara que todo el verano que habían compartido había sido un desastre.

—Sí, pero creo que los últimos cinco días lo echan todo a perder —dijo Evan—. No puedo creer que tengo que decirle a Megan Moriarty...

—Le caes bien —dijo Jessie.

Evan se sentó, sorprendido. —¿De veras?

—Sí —dijo Jessie—. Yo tampoco lo entiendo. Pero siempre está preguntando qué estás haciendo y si puedes jugar y cosas así. ¿Por qué crees que lo hace?

—Genial —dijo Evan, sonriendo—. ¿Así que se han hecho amigas?

—Sí —dijo Jessie.— Buenas amigas.

—Bueno. Así que va a venir aquí a jugar y todo eso. ¿Verdad? Fantástico.

—Qué raro eres —dijo Jessie.

—Sí, lo soy —dijo Evan.

Hubo otro largo silencio. Había oscurecido. Ya no entraba luz por la ventana del cuarto de Evan, pero ninguno de los dos quería encender la luz. Estaban bien, los dos solos, allí en la oscuridad refrescante. La brisa de la tarde se había convertido en un viento fuerte, y la cortina de la ventana golpeaba con un ritmo constante que era agradable y reconfortante.

—La guerra fue una estupidez —dijo Jessie.

Evan asintió en la oscuridad.

En ese mismo momento oyeron el ruido de un trueno a la distancia. Y la casa se estremeció.

—¡Los fuegos artificiales! —gritó Jessie.

—Ah, ¡caramba! —gritó Evan.

Jessie y Evan bajaron las escaleras corriendo. Se encontraron con su madre sentada en el último escalón, observando el cielo a través de la puerta de tela metálica.

—¿Por qué no nos llamaste? —dijo Evan.

—Nos estamos perdiendo los fuegos artificiales —dijo Jessie.

—Pensé que lo que ustedes estaban hablando era más importante que los fuegos artificiales. —La Sra. Treski se volvió a mirar a sus hijos. —¿Lo resolvieron?

Evan y Jessie asintieron mientras el cielo se llenaba de luces.

—No es un mal sitio para verlos —dijo la Sra. Treski, tocando el escalón. —Disfrútenlos.

Por veinte minutos el cielo de la noche estuvo

iluminado con ruedas, dalias de colores y brillantes palmeras que silbaban al abrirse. Evan, Jessie y la Sra. Treski se sentaron, observando en silencio, interrumpido solo cuando ocasionalmente de sus bocas salía "¡Oohhh!" y "¡Aahhh!" que se escapaban de sus labios como el aire que se escapa de un neumático demasiado inflado.

Cuando el último de los fuegos artificiales floreció y luego desapareció, Evan, Jessie y la Sra. Treski se quedaron sentados en la oscuridad esperando. Nadie dijo nada por varios minutos. Y por fin Jessie murmuró: —Se acabó.

Sí. Se había acabado.

—Oye —dijo Evan. —¿Qué fue eso?

—¿Qué? —preguntó Jessie.

—Escucha.

A la distancia se oía un sonido fuerte y un repiqueteo.

—Más fuegos artificiales —dijo Evan mirando el cielo oscuro.

—¿Dónde? No los veo —dijo Jessie.

De repente un relámpago partió el cielo en dos. Una explosión de truenos se oyó por toda la casa, sacudiendo las ventanas y los cuadros en las paredes. La lluvia empezó a caer como si se hubiera abierto una gigantesca llave de agua.

—¡Ahora! —gritó la Sra. Treski, saltando de su escalón.

—¡A sus puestos de batalla!

Como todas las ventanas estaban abiertas, Evan, Jessie y la Sra. Treski corrieron del piso superior al de más abajo, cerrando ventanas y secando charcos. La lluvia caía con la furia e impaciencia de un niño de dos años al darle un rabieta. Mientras cerraba la ventana de su cuarto, Evan oía el gorgoteo del agua corriendo por las canales y saliendo por el tubo de desagüe.

—Algo termina y algo empieza —dijo la Sra. Treski, al encontrarse con Jessie y Evan en las escaleras. Levantó el dedo índice, como un filósofo: —Fuegos artificiales. Tormenta.

Jessie levantó el dedo índice: —Verano. Escuela.

Evan levantó el dedo índice: —Guerra. Paz.

Y se echaron a reír, porque era una tontería: ellos tres actuando como sabios filósofos en las escaleras.

Esa noche, antes de cerrar su puerta, Jessie le dijo a Evan, que ya estaba en la cama: —Oye, tengo una idea. Para recuperar el dinero de Megan.

Diez consejos para ... por Jessie y ...

Primer puesto

Consejo #1
Ubicación: Todo comienza con el lugar que elige para el puesto.

Consejo #2
Anuncios: Haga que sus limones se distingan de los demás.

Consejo #6
Regulaciones: Infórmese sobre las leyes locales que gobiernan la venta de limones.

Consejo #8
Sucursales: Trece limones pueden ganar más que uno.

convertir limones en tesoros
Evan Tretski

Consejo #3
Rebajas: ¡Barato! ¡Más barato! ¡Los limones más baratos de la ciudad!

Consejo #5
Valor añadido: Añádale algo especial a sus limones.

Consejo #4
Buena voluntad: Cómo conseguir que el público se enamore de sus limones.

ESTADO DE PÉRDIDAS Y GANANCIAS

Gastos:
52 latas de limonada	$65.00
5 paquetes de vasos	$14.25
Impuesto sobre los vasos	$0.75
TOTAL DE GASTOS:	$80.00

Ventas brutas:	$372.00
Total de ganancia:	$232.00
Total bruto de Jessie:	$104.00

Consejo #7
Margen de ganancia: Cómo calcular el límite de sus limones

Consejo #9
Mobilidad: Movilice sus limones.

Consejo #10
Recompensa a los empleados: No sea un jefe ingrato. Deles siempre las gracias a sus empleados.

HERMANO Y HERMANA
GANAN EL CONCURSO ANUAL EL DÍA DEL TRABAJO

Los ganadores del Concurso del Día del Trabajo que celebra anualmente el Club Rotario, abierto a todos los residentes de 8 a 12 años de edad, son Jessie (de 8 años) y Evan (de 10 años) Treski, de 81, calle Parsons. El equipo de hermano y hermana creó un magnífico cartel que describe sus esfuerzos para vender limonada.

—Hacía mucho calor, así que decidimos vender limonada —dijo Evan. —Y Jessie tuvo la gran idea de tomar todo lo que habíamos aprendido y transformarlo en un cartel para el concurso.

El cartel ganador incluye diez sugerencias para llevar a cabo un puesto de limonada con éxito, un es-tado de cuentas, definiciones comerciales y un esquema que muestra las ganancias obtenidas con sucursales.

—En años anteriores hemos recibido proyectos que describían negocios —dijo Jack Petrocini, presidente del capítulo local del Club Rotario. —Pero nunca hemos recibido uno con tantos detalles. Estamos muy impresionados.

Jessie y Evan compartirán el premio de $100. ¿Lo usarán para empezar otro negocio? —No —dijo Jessie. —Necesitamos distanciarnos de los negocios, porque comienza la escuela.

Tanto Jessie como Evan son alumnos de cuarto grado en la escuela primaria Hillside.